月流光
作品

陪你飞到世界尽头

北京联合出版公司
Beijing United Publishing Co.,Ltd.

图书在版编目（CIP）数据

陪你飞到世界尽头 / 月流光著. -- 北京 ： 北京联
合出版公司，2017.2
　　ISBN 978-7-5502-8999-4

　　Ⅰ. ①陪… Ⅱ. ①月… Ⅲ. ①长篇小说－中国－当代
Ⅳ. ①I247.5

中国版本图书馆CIP数据核字(2016)第264940号

陪你飞到世界尽头

作　　者：月流光
出版统筹：新华先锋
责任编辑：徐秀琴
特约编辑：彭亚运　李　娜
IP 运 营：覃诗斯
封面设计：郑金将
版式设计：刘　宽
营销统筹：章艳芬

北京联合出版公司出版
（北京市西城区德外大街83号楼9层　100088）
北京鹏润伟业印刷有限公司印刷　新华书店经销
字数93千字　620毫米×889毫米　1/16　13印张
2017年2月第1版　2017年2月第1次印刷
ISBN 978-7-5502-8999-4
定价：36.80元

目 录
contents

陪你飞到
世界尽头

chapter 1

有一个飞行员男友的体验

1

就在昨天，汪先生在公司飞模拟机，有一个年逾古稀的老人来参观。汪先生说老人高兴得像个孩子，看看这里，摸摸那里，但又不敢去碰那些密密麻麻又颇为神秘的按钮。他问了一些看似很滑稽的问题，汪先生一一耐心解答。

汪先生讲完这件事，我很是感慨。

驾驶舱被誉为世界上最美的办公室，日出日落、云卷云舒、崇山峻岭、绵延河流，还有在黑暗中与万家灯火交相辉映的精美仪表。对于驾驶舱里的一切，哪怕只是看到照片都会让人兴奋不已。如果有机会真正走进去，即便只是模拟机，也一定会是这辈子最美好的回忆吧。

很多人都有一个冲上云霄的梦想，可并不是所有人都能实现。我对汪先生说："你很幸运，拥有别人穷其一生都无法得到的东西。"

汪先生没有接话，电话里是长久的沉默。

就在我以为他也深受震撼，决定要为飞行事业奋斗终生的时候，他突然长叹一声，恍然大悟似的说："原来你说的是飞行，我还以为你说的是你。"

那一刻，我真想嫁给他。

2

我姓苗，在某一年的春夏之交认识了汪先生，不知道从什么时候开始，他就成了我的男朋友。他说我不仅姓苗，连性格也像猫，所以他总是叫我"大喵大喵"的，有时候也叫我"大美喵"。当然，他皮痒的时候也会叫我"疯喵""臭喵""吃多喵"。

和汪先生在一起的这几年，除了考研的那一年朝夕相伴之外，其他时间我们大多异地。我并不是一个很黏人的女朋友，相比之下，汪先生却黏人得多。只要没有飞行任务，总是隔几个小时就会打一个电话，有时候甚至刚刚挂掉还会突然因为想起什么事又马上打来。每次和朋友出去，总会接到他三个以上的电话，朋友们总会在我挂掉电话时暧昧地说上两句。

和他的恋爱，就像是在手机里养了个宠物。的确是宠物，因为我总是对他招之即来，挥之即去。如果他打来电话时我正在写稿子，不管他在说什么，我只会敷衍两句，然后十分严厉地说"拜拜"。

哪怕是没事的时候，我也会因为要看电视或是刷微博骗他说要睡了，然后毫不留情地挂断电话。久而久之，汪先生也知道了我的小伎俩。他会在我说睡了之后又给我发消息，我要是一时松懈回了，就会被他抓住把柄嘲笑一顿。

有一次，我又骗他说要睡了，挂掉电话后开始愉快地刷微博、刷知乎，没一会儿，汪先生又给我发了消息。

早已洞悉阴谋的我自然不会上当。

我点开一看，是一幅漫画。

漫画里有一个睡着的女孩儿，一个男孩儿吻着她的额头，旁边有一行字："Bye，我去赚钱了，你做个好梦！"

汪先生的工作时间不固定，排班表也十分随心所欲，不知道什么时候就会冒出一班，不知道什么时候又会消失一班。除非提前请假，否则永远无法保证可以把哪一天给你。汪先生也没有所谓的朝九晚五，最早的时候要凌晨四点到公司，飞两段等一下午再接两段，或者连着四段，回到宿舍通常都是深夜了。

读研二的时候没有课，我每天都会睡到自然醒，汪先生很嫌弃我睡懒觉，他说："你一觉起来我都飞两段了。"可即便他的时间这样少，我还总是用"在忙、拜拜"来打发他。

看到那幅漫画，愧疚、自责与感动都涌了上来，我一下子泪流满面，颤抖着手指给他发了消息："你大晚上的去赚什么钱，卖身啊？"

汪先生差点儿没气死。

3

汪先生载过几次明星，不过并不追星的他对此很不以为然，每次总是轻描淡写地提一下，以至于有一次连坐他航班的到底是"乔振宇"还是"乔任梁"都说不清。

他还见过冯小刚，不过那也是别人指给他看的，他唯一一次自己认出来的是鞠萍姐姐。

有一次飞 N 市过夜，落地后，汪先生给我打电话，一贯沉稳的声音中透着一丝小雀跃："今天的航班上有陈伟霆，他现在就走在我前面。"汪先生知道陈伟霆是我的偶像、男神、电脑桌面和手机壁纸。

我的第一反应是"你在逗我",他很快又发来一张照片。照片是从后面拍的,只能看到一小撮人,还有一颗一颗的脑袋,根本看不出来谁是谁。

我还是不太相信,开始在微博上搜索,很快便有了答案,这事儿是真的!我看到了粉丝们从正面拍的照片,原来在汪先生的照片中,那个戴着黑色帽子的人就是陈伟霆。

我慢慢地翻着那些微博,不可思议的一幕发生了,我竟然在一个粉丝拍的接机图里看到了陈伟霆后面的汪先生!他穿着制服、拉着箱子,跟着机长刚刚从拐角出来,虽然照片上的他只露出一半的脸,但我十分确定那就是汪先生。

我和朋友说,我一定要把这张照片挂在家里,因为它见证了我生命中两大男神历史性地相遇。

我一直追着汪先生问细节,他不厌其烦地转述乘务员的话,又说自己根本不知道飞机上有陈伟霆。在出候机楼时,还被举着手机拍照的人群吓了一跳,直到听见有人大喊"陈伟霆",才知道那个从飞机上走出来的乘客就是陈伟霆。

说到这里,汪先生还叹了口气,好像很遗憾的样子。

我笑他什么时候对明星这么上心了,他说:"因为是你喜欢的。"

4

自从有了飞行员男朋友,我开始疯狂迷恋所有和飞行有关的东西。

我买了云朵造型的毛绒玩具，买了飞机造型的钥匙扣，买了画有飞机的笔记本，去家居店买相框，入眼的全是有飞机元素的。

羊年时和汪先生去吃饭，店家赠送了一个多利羊玩偶。我看宣传图的时候并没有在意，拿到手才发现那是一个飞行员造型的小羊。我激动得不能自已，感觉这是冥冥之中的天意，我都快哭了，一遍又一遍地和汪先生说："你看到了吗？是飞行员！"

汪先生也一遍又一遍地和我说："知道啦，知道啦。"

后来我又发现了一套飞机主题的器皿，杯、盘、碗的边沿都嵌了一架蓝色的小飞机，器皿底部还彩绘了一个飞机。只可惜那个时候还在读书，这些东西都无法好好保存，只好把东西又放了回去。

我和汪先生说："将来我们家就要用这样的东西，然后请你的小伙伴们来家里吃饭，他们一开始只会看到碗沿上的飞机，吃完饭之后才会发现碗底还有一个，接着默默流下眼泪。"

汪先生听过之后一脸黑线，不可思议地问我："你这么喜欢飞机？"

我说："我喜欢飞机就像你喜欢陈伟霆一样。"

汪先生说："我不喜欢陈伟霆，我只喜欢你。"

5

有一个飞行员男朋友，就是打开了通往航空题材影视剧的大门，又关上了一扇照亮航空题材影视剧的窗。

记得在以前看过的一本小说里，男主角是飞行员，女主角感叹他住高档小区，想想又觉得没什么，因为他在学院的时候就月薪一万了。

我很想问，这是哪家公司？

以前总觉得要标榜男主角出类拔萃就要说他是某公司某地区甚至全宇宙最年轻的机长，后来觉得这样写也太夸张了，机长又不是白菜，跟不要钱似的，哪儿那么多"最"，还不如说男主角是飞行员里做饭做得最好的来得实在。

汪先生看影视剧时也会忍不住吐槽。

"上一个镜头还是320，下一个镜头就是737？"

"肩章戴反了。"

"飞罗马全组才五个人，就不能多请几个群演？"

当然啦，汪先生也有出糗的时候。那天他和一个机务聊天，想起自己刚看过的一个电影，便好奇地问："驾驶舱里是不是有一块地板是活动的，掀起来就可以进入货舱？"

机务一脸鄙夷地看向他，冷冷道："不是。"

原来电影里很多都是骗人的。

6

某个周末，我硬拉着汪先生陪我去吃人均五十的自助餐。

在我眼里堪称美味的鸡翅、寿司、羊肉串统统被汪先生贬得一文不值。作为空勤，无论是在公司，还是在外地过夜，等待他的永远都是五星级酒店的自助餐或是当地久负盛名的特色美食。即便是在航校的时候，飞行学生的食堂也要比其他两个食堂的好吃一些。

还在航校的时候，汪先生曾经特意把我从被窝里叫出来，只为了给我尝一尝从模拟机中心带出来的蛋糕。那些蛋糕十分紧俏，稍晚一点儿就没有了。他为了能够抢到蛋糕，早上六点就出发了，几块掌心大的蛋糕被他宝贝得像是松鼠的松果。

我已经不记得蛋糕的味道，但一直记得他说过的话："对待心爱的人，每个飞行员都有两个愿望：一个是带她去看自己眼里的风景，一个是给她带好吃的东西。"

他说到做到，这些年带过新疆的烤包子、内蒙古的奶茶、山西的红枣，哪怕是有同事给每人带了一盒巧克力，他也舍不得动一下，说一定要等我来了以后——看着他吃。

不过，另一个愿望他大概是看不到了。

7

"9·11"事件后，全球航空安全形势严峻，陌生人想要在飞行阶段进入驾驶舱已经完全不可能了。

我对此非常遗憾："我永远也看不到你开飞机的样子了。"

汪先生想了想说："对，你永远也看不到了。"

不过，这并不能阻止人们对驾驶舱的好奇，汪先生就遇到过一次。

那天他在回驾驶舱时，有乘务员告诉他，有位乘客想参观驾驶舱。这自然是不被允许的，汪先生表示只能让他在开门的瞬间远远地向里面看一眼。

门打开了，汪先生很快听到来自那名乘客的尖叫："好帅啊！"他回头看了一眼，乘客惊喜的表情深深地印在了他的脑海里。

我一边挖鼻孔一边问他："你不会以为她说的是你吧？"

汪先生给了我一个大白眼："我才没你那么自恋。"

8

放暑假后，我去北京找汪先生玩儿了两天，然后就要回家。因为知道他将于几天后执飞回家的航班，所以我特意买了那个航班的机票。

飞机落地已经是晚上十点了，按照计划，汪先生会在当地过夜，我也就没有急着下飞机，而是在机舱门口等了一会儿。

机组很快出来了，原本还和机长有说有笑的汪先生径直走向我，一把拉过我向机长介绍："这是我女朋友。"

机长惊呆了，不敢想象汪先生随便拉了一个飞机上的乘客就说是自己女朋友，他又是怀疑又是惊诧地反问："你这么快就勾搭上一个？"

汪先生知道机长误会了，他不但没有解释，还故意装出理所当然的样子，十分亲昵地摸了摸我的头，说："快吗？就是感觉缘分到了。"

我也十分配合地点头，还在众目睽睽之下踮起脚亲了汪先生一下。

其实在机长问的时候，汪先生这个大写的耿直 Boy 就已经说出真相了，后面都是我编的。

9

作为飞行员，汪先生接触更多的是乘务长和头等舱乘务员，她们通常都会比汪先生年纪大，有些还是人到中年的阿姨，所以汪先生想搞出点儿什么都不太可能。

为此，我特意开导过汪先生："没关系，等你四十的时候就可以勾搭乘务长了。"

让我没想到的是，汪先生还没等到四十就"出轨"了。

有一天，我正在兴致勃勃地讲着什么事情，汪先生突然说："大喵大喵，我出轨了。"

我还没有反应过来，他又笑着说："我开玩笑的。"

当时的我虽然感到有点儿奇怪，但也没有深究。直到第二天，汪先生才郑重其事地说："大喵大喵，你还记得前天我和刘总还有两个空乘去唱歌吗？"

这件事我是知道的，刘总是汪先生的同学，单身，约了两个乘务妹妹去唱歌，爱好唱歌的汪先生也就跟着去了。

汪先生接着说："其中有一个女孩儿唱得特别好，她唱歌的时候我就在想，难道我真的要和大喵大喵过一辈子？"

那一刻，我确实很伤心，但我并没有责怪他，反而努力扯出一丝笑，问："你的答案呢？"

在很多人眼里，飞行员和空姐是天生一对，事实也是如此。汪先生的同学们在回公司后，大多都与学生时期的女朋友分了手，他们当中的大部分又都找了公司里的乘务员，以至于汪先生对公司前辈说女朋友是航校同学时，很多人都不相信。

在大家眼里，空姐就是美女的代名词。她们能站在这里都是经过公司的层层关卡，从几万人中精挑细选出来的。她们年轻貌美、身材高挑，又因为长期混迹在这样一个美女如云的圈子里而精于穿衣打扮。

爱美之心人皆有之，就连李宗盛也会被空姐"鬼迷心窍"，这才有了"春风再美也比不上你的笑"。汪先生会有这样的想法并不奇怪，真正让我意外的是汪先生会说出来。

他会向我坦白，就说明他已经将这件事放下了。他很自责自己会有"出轨"的想法，还向我说第二天再看那个女孩儿的照片时，感觉并没有他想象的那么美好。

飞行员和空姐的关系经常会成为人们八卦的对象，虽然我的朋友们都没有问过我，但是我知道他们心里都会有这样一个疑问，你不担心你的飞行员男朋友出轨吗？

我的答案是，握不住的沙，干脆扬了它。

出轨这件事，归根结底还是要看人。有心要"出轨"的，一次航班、几句闲聊、一个微信就有可能是一段感情的开始；无心的，除了几句吃什么、喝什么、几点到，下次见面恐怕已经天荒地老，又何谈出轨呢？

这次，我虽然有过伤心，却也让我更加坚定了相信他的决心。

爱情更多的是责任。

他有责任让我相信，我也有责任相信他。

10

在知乎上，我只回答过一个问题，那就是"飞行员坐过山车是怎样一种体验"。

我第一次去欢乐谷是和大学同学桃子小姐一起去的。那天，我们看着出双入对的情侣你侬我侬便暗暗发誓，明年再来时一定要带着男朋友。

说来也巧，我和汪先生去欢乐谷时，正好时隔一年。

其实我特别害怕失重的感觉，连汪先生背我时要往上抛一下都会引来我凄厉的尖叫，更别说跳楼机、激流勇进和过山车，每次向下冲时总会有一种濒死的绝望。

上次来欢乐谷坐过"飞跃地中海"，也是那次经历让我明白为什么产妇进产房后会喊"我不生了"，因为我在过山车上只有一个念头——"放我下去，我不坐了"。

鉴于"飞跃地中海"给我留下了心理阴影，这次来欢乐谷我拒绝再坐任何形式的过山车。汪先生却不依不饶，一直向我解释他坐过"雪域飞龙"，一点儿感觉都没有，根本没什么可怕的。

那时候还没有知乎，更没有"飞行员坐过山车是怎样一种体验"这个问题，我自然也没有意识到飞行员眼里的过山车和我眼里的过山车根本不是一个概念。看着汪先生真诚的脸，我竟然选择了相信他，鬼使神差地和他上了"雪域飞龙"。

毫无意外，我自始至终都闭着眼、抱着头、嗓子都喊劈了。下来后，我一边痛哭流涕，一边大骂汪先生是骗子。

汪先生一脸无辜，完全不知道自己错在哪里。

后来，我拿到了在过山车上拍的照片。照片上，我抱着头，汪先生抱着我，脸上的表情嘛，用桃子小姐的话说就是"抗洪抢险"。

我也是在那个时候才清晰地认识到"飞行员坐过山车是怎样一种体验"。

后来，我们又去坐"疯狂巴士"。去过欢乐谷的应该知道，"疯狂巴士"是亲子项目，恐怖系数相当于旋转木马，连安全带都不用系。

巴士启动，神奇的一幕发生了，汪先生竟然尖叫了两声，只是那个叫声要多假有多假，低八度的"啊——啊——"不要太敷衍。我忍不住笑了出来，更神奇的一幕发生了，似乎是汪先生的叫声感染了大家，巴士上响起了此起彼伏的假叫声。

直到下了巴士，汪先生还劫后余生般拍着胸口："吓死我了，好可怕。"

那一刻的他，幼稚得有点儿可爱。

11

作为飞行员，汪先生满足了我对制服的所有幻想。汪先生不算帅，但穿上制服的他就好像有了光环。

制服也给他带来很多苦恼，如果在外过夜要出去，汪先生通常会准备一件便服，不然肯定会被别人当成保安，因为真的有保安制服的袖子上也是三道杠或是四道杠。

长航线通常会跨越千山万水，从严寒到酷暑还好，只要脱了外套就行，可是从酷暑到严寒就让汪先生不知所措了。正当他想要咬牙坚持的时候，机长把自己的西装外套脱给了他："穿上，别着凉了。"

穿上外套后，汪先生偷偷自拍了一张，因为他的袖子上是四道杠，那是他第一次穿机长制服。

汪先生不喜欢戴帽子，因为看上去像"伪军"，我偏要他戴给我看，那个样子一看就不是什么正经飞行员。

"关键看颜值。"我不客气地说。

因为刚看过Angelababy在"跑男"里戴飞行员帽子美美的样子，所以我迫不及待地把帽子抢过来戴了一下，然后我就默默地把帽子还给了汪先生。

后来，我们谁也没再提过帽子的事情。

冬天到了，我买了两套毛茸茸的、有耳朵和尾巴的居家服，汪先生每次穿好制服出门前都要和我抱一抱，结果这一抱一蹭，总是会把衣服上的毛毛粘在他的制服上。

恰巧那天的当班机长也是一身毛，机长一边捡身上的毛一边问汪先生："你家也养猫？"

汪先生愣了一下，摸摸鼻子说："呃，是啊。她特别懒特别能吃，还不听话，每次都以扔猫为威胁才会消停点儿。"

汪先生回家后向我讲了这件事，讲到这里时我不由得白了他一眼："这么讨厌的猫你还养？"

汪先生用手指缠着我的头发，唉声叹气地说："没办法，谁让我喜欢她呢。"

12

飞行员的世界是一个等级森严的世界，作为新人，汪先生受过不少委屈。

和公司前辈在一起，免不了要懂得察言观色，不能不说话，又不能说错话，小心翼翼，如履薄冰，有时候还会因为别人一个明明没有任何用意的眼神而寝食难安。

汪先生酷爱唱歌，公司活动时，他的每个细胞、每个毛孔都在疯狂叫嚣，但他却只能静静地望着舞台发呆，因为他不能抢了领导的风头。

为了提高业务水平，汪先生只要有机会就去蹭模拟机。唯独有一次出了差错，当他兴致勃勃地在模拟机飞起落时，来了两个教员和一个快要升机长的资深副驾驶，汪先生作为多余的人，自然被请了出去。

其实这也没什么，汪先生完全可以去休息室里吃吃喝喝，大不了还可以一走了之。可是悲剧的是，模拟机有门禁，无论从外面开还是从里面开都需要刷卡，没有在前台开通权限的汪先生只能坐在冰凉的楼梯上，进无可进，退无可退。他像丧家之犬一样，眼巴巴地望着那扇门，希望有人进来，才好放他出去。

可是没有，自始至终都没有人理会他。

汪先生无比落寞地给我打电话，说坐在楼梯上的自己像个傻子。

我听了之后哈哈大笑，一边毫不留情地嘲笑他，一边要告诉他一个事儿让他高兴高兴。我说："我是我们班唯一没有得过奖学金的。"

我是以最后一名考上研究生的，能被录取已经是意外之喜，自然也不会奢望奖学金。第二次评奖时，自知无望的我连申请表都不想交，可是看到排名时，我惊喜地发现，以我研究生期间的成绩来看似乎有戏。

可是，最终等来的名单却证实所有的希冀不过是一场不切实际的空欢喜。排在我后面的几名同学通过论文的加分项超过了我，我也因此成为我们班唯一没有得过奖学金的学生。

在我一串肆无忌惮的笑声后，汪先生淡淡开口："你还有我。"

"是。"我终于控制不住流下了眼泪，可是我依旧笑着，接着说，"每次面对失去的时候，我都会这么安慰自己，还好有你。"

汪先生深以为然："每次觉得坚持不下去的时候，一想到你，我好像又充满了动力。"

如果不是隔着电话，我真想和汪先生抱头痛哭一场。

13

汪先生向我哭诉在公司里没地位，主要是那些坐在办公楼里的人，好像每个人都可以踩他一脚。

他早上六点去拿任务书，值班的工作人员大概是嫌弃被他吵醒了，不满地"啧"了一声；飞行箱的轮子掉了，保障部的工作人员很不耐烦，只说让汪先生自己想办法；复印资料时复印机坏了，工作人员让汪先生自己修……

听到他的遭遇，我很是心疼，只恨自己这样渺小，不能保护汪先生，我说："怎么可以这样，全世界只有我能欺负你。"

汪先生听了差点儿没吐血："我还以为只有在你这里才不被欺负，原来你也要欺负我。"

相比很多人，汪先生受的委屈根本不算什么。

他见过在严寒酷暑中守护飞机的护卫员，她或许是比他年纪还小的小姑娘，给她带一罐可乐，她都会感恩戴德、惊喜异常；他见过把扔在飞机上没人要的航食面包偷偷装在口袋里的机务，他或许是哪个孩子的父亲，希望把"飞机上的吃的"带回去给孩子尝一尝；汪先生在租房的时候遇到一个和他同年的中介小哥。巧的是中介小哥当年也参加过招飞，他幸运地通过了淘汰人数最多的初检，却在复检的时候被要求去拍一个鼻片。他把鼻片拿回来，航医一看，轻描淡写地说："你被淘汰了。"

后来他经历了什么我们不得而知，只知道他现在已经成家，为了能给留在老家的老婆孩子更好的生活，他来到传说中月薪八千的北京打拼。

然而事实却是身为房屋中介的他住着毛坯房，拿着三千底薪贴着话费、车费带人去看房，这个月还很可能会因为业绩不好而被开除。汪先生很想请他吃一顿饭，结果大盘鸡打烊了，只好请他去隔壁吃了一碗面皮，外加一瓶"北冰洋"。

汪先生的妹妹汪呆呆曾经对汪先生考上飞行员不屑一顾，说他是走了狗屎运，汪先生对此非常生气，一再声称自己也付出了很多努力。

可是随着阅历的增长，他才感受到自己有多么幸运。

汪先生说他的同学们有时候会骂公司，说自己是被家人逼迫的，说当飞行员没有自由，早晚会辞职。或许的确是这样，如果可以重来一次，这个世界上也许就少了一个自怨自艾、不情不愿的飞行员，多了一个光芒万丈的摇滚歌手或是造福人类的科学家。

但汪先生不是，他说如果不是公司收留了他，他或许就和他的小学同学们一样，在搬砖的路上一去不复返了。

所以汪先生总是怀着一颗感恩的心，对公司，也对见到的每个人，公寓前台、宿舍保安、机场安检、清洁阿姨……

他坚持和每个加油师傅握手，不管他们是一脸惊喜还是一脸惊吓，因为很少有人会这样对他们。

有时候想想，人生已如此艰难，我们为什么不能通过举手之劳让每个人都高兴起来呢？

14

汪先生飞一个正在施工维修的机场，因为资源有限，推出速度异常缓慢，频率里全是大家此起彼伏的声音：

"我请示推出。"

"我请求滑行。"

……

有些人因为等的时间太长，不是语气不好，就是抱怨两句，还有人因为被插队想要和管制员理论理论，甚至是直接发泄不满。

管制员妹子快要崩溃了，有些生气地说："你们不要再喊了，我一个一个地叫。"

轮到汪先生的时候，汪先生说了一句："辛苦了。"

很奇怪，这三个字仿佛有魔力一般，刚才还充满火药味的频率终于被一阵和风细雨所取代，管制员妹子在停了三秒后，用温暖的声音说："你也辛苦了。"

也许是被触动了心中的柔软，也许被妹子柔和的声音所感染，也许只是想换一种工作状态，频率里竟然争先恐后地响起一片问候辛苦的声音。

一旁的机长格外感慨，他先是摇头轻叹，接着热泪盈眶，最后拍拍汪先生的肩膀，意味深长地说："小汪，你撩妹技能满分呀。"

汪先生：……

汪先生当时还不太知道"撩妹"这个词，更不觉得他这个行为就是撩妹，他那时候感叹了一句："大概这就是无撩胜有撩吧。"

15

我们曾去蓝色港湾闲逛，汪先生望着波光粼粼的水面，脱口而出："上次我们来的时候……"

我抓到了他的把柄，拉着他的手臂笑着说："你胡说，今天是我第一次来，什么叫'上次我们来的时候'，你是不是偷偷约小姑娘来逛，结果记成我了？"

"没有。"汪先生无可奈何，"上次来的时候一边逛一边和你打电话，就好像你在身边一样。"

听完他的话，我心里酸酸的。

有一个飞行员男朋友就是选择了异地恋，甚至是异国恋，我们的感情只能用无线电波维系。有什么好吃的、好玩的，也只能通过电话分享，而在对方最艰难的时刻，除了无用的安慰也没有其他办法。

那时候我们半年才能见一次，他在分院为飞行训练惶惶不安，我为了紧张的学业焦头烂额。

每每临睡前接通电话，他刚刚说完第一句话，我就会问："你今天飞得很好？"或者是"你今天被骂了？"汪先生为此大为震惊，说我总是能捕捉到他的情绪，是最了解他的人。

其实他又何尝不是。

每次我突然一下情绪低落，他总是会敏锐地发现，然后关切地问我："是不是被退稿了？"

我总是会一口咬定："不是。"

一直到最近我才向他坦白，在过去的时光里，他的感觉并没有错，我就是被退稿了，只是不想承认罢了。

他对我的了解并不能因为我可怜的自尊而被否认。

在家里过完年，我们要一起去北京了。

汪先生在电话里嘱咐我要带什么东西，恍惚间竟然有一种穿越的感觉，好像明天一早，我们又要咫尺天涯，各奔东西。一瞬的心慌后，我才反应过来，不对，不对，明天是要一起去北京，我劫后余生般缓缓吐出一口气。

那种感觉，现在想起来都有些心惊。

16

汪先生在分院的时候，经历了到目前为止最严重的一次疾病。汪先生起初是喉咙发炎，忍了一段时间不见好转才去找航医看病。航医毕竟不是专业治病的医生，简单看了一番打开药柜说："我看看有什么药。"

结果当然没有好转。

汪先生不得不去市里的医院看病，医生给他开了强力的抗生素，开始输液治疗。后来的几天，他为了方便想回学校输液，航医却因为害怕出意外不敢收他，汪先生只得辗转找了一家小诊所。

输液治疗也不顺利，药水一灌进血管，汪先生就想吐，他只好求医生给他开一些吃的药。

吃了两天药，喉咙的病还没有好，汪先生又惊讶地发现自己长了一身红疹，他几近崩溃得到医院看病，医生看过之后下了判断："是药疹。"然后又开始吃抗过敏的药。

那段时间，汪先生十分沮丧，因为喉咙痛，他吃不下饭，也因为喉咙痛，和我也说不了几句话，但是打电话给他爸爸妈妈时，他还是要忍着眼泪说一切都好。

直到今天，他爸妈都不知道这件事。

身在异乡，孤苦无依，汪先生一度认为自己要死了。

更可怕的是身体上的痛苦只是一方面，强大的心理压力更让他感到焦虑万分。分院的训练就是积累飞行小时数，谁先达到谁就毕业，在他生病的这段时间，同组的同学会继续训练，眼看着大家都已经放单，汪先生怎么可能不着急。

好在后来都过来了，汪先生身体好转后重返蓝天，庆幸的是他手上的技能并没有因为耽搁了这么久而有些许的生疏，很快便顺利放单，迎来了他飞行生涯里最幸福的时刻。

这些，我都是在电话里知道的。

后来我也生病了，除了吃消炎药和感冒药，汪先生一定要我吃甘草片。

他每次打电话都会问："吃药了吗？"

我心不在焉地回答："吃了。"

汪先生又问："吃甘草片了吗？"

我老实回答："没有。"

"快吃。"

我不知道他为什么对甘草片这么执着，据理力争后只好敷衍两句："一会儿就吃。"

汪先生生气了，义正词严地说："不行，现在就吃，不要挂电话，我听着。"

"好吧。"我无可奈何地回答，其实并没有动地方，而是懒洋洋地说，"我喝了，你听着啊，咕嘟咕嘟，咕嘟咕嘟。"

汪先生气得要死，又因为相隔万里拿我没办法，只能无奈地笑了出来。

后来这个哏一直保留着，只要他催我吃药，我就会说："咕嘟咕嘟，咕嘟咕嘟。"汪先生先是哭笑不得，然后会忍不住亲亲我的嘴角。

17

大家似乎对飞行员的收入比较感兴趣，也经常会有人问我这个问题。

其实飞行员的收入对于一般的大学毕业生来说，算是起点比较高的，但是和北上广的金融圈、IT圈相比，其实也差不了多少。

读研的时候有一家航空公司来学校招飞，我揣着一颗八卦心去现场听了听那家公司的福利待遇。

宣讲会上，有家长直言不讳地提问："我想知道当上机长后能拿多少钱。"

工作人员微微一笑，并没有正面回答，而是问那些坐在前排的同学："你们知道吗？"

"年薪百万，年薪百万。"人群里传来人们小声的议论。

工作人员心满意足地点点头："没错，当机长后就是年薪百万。"

我把"别人家的公司"和汪先生说了，汪先生感慨道："当年参加招飞时，我爸也问了待遇问题。"

"招飞老师怎么说？"我问。

"不愁吃喝。"汪先生平静地吐出四个字。

18

有一个飞行员男朋友，怎么可能少得了担惊受怕。

还记得有一次汪先生在落地后给我发了一条信息："今天差点

儿回不来，回去再说。"

我：……

什么回去再说？到底是什么事？汪先生，你怎么可以在这种事上大喘气？究竟是因为延误回不来，还是遇到危险回不来？你给我说清楚啊！

还有一段时间，汪先生给自己定了个规矩，起飞前、落地后都要给我发消息。不过时间一长，他就有些懈怠。我也有自己的作息时间，所以对于他的报备都没怎么在意，有时候还觉得他挺烦。

有一天晚上我在上网，不知不觉就到了两点，这时候我才突然反应过来，不对呀，我还有个男朋友！然后就会开始瞎想，想他为什么一直没有联系我，想他是不是出事了。

打电话关机，发消息不回，只能刷新闻，查航班信息，种种可能在脑子里过了一遍，整个人都快崩溃了。

航校是出过事的，有一次迫降成功了，毫发无损的教员给老婆打电话："今天晚上不回去了。"对于不回去的原因，只字未提。

中国民航也是出过事的，汪先生飞那个城市的时候，机长特意指给他看："飞机就是在那里坠毁的。"

好在没过多久，汪先生就给我回消息了。

就算汪先生已经平安落地，我还是会担心他能否平安到家。

曾经有记者问东航总裁："您认为坐飞机在哪个阶段最不安全？"东航总裁回答："在去机场的路上最不安全。"

这绝对不是总裁大人抖机灵，因为相比机毁人亡，车祸才是无时无刻不潜伏在人们身边的危险。

汪先生有他的坚持，不管航班多晚落地他都会坚持回家。一天的劳累加上复杂的路况，每次都会让我担心不已。除了担心他是不是还活着，还要担心他是不是犯错误了。

一天晚上，汪先生倒是按时落地了，也很及时地给我发了一条消息："出了点儿事，要回公司写报告。"

汪先生回来后，憔悴而委顿，明明提不起精神，还要强颜欢笑，安慰我说没事儿，那种感觉真的很难形容。

开飞机是一项非常精密的工作，从起飞到降落都有一系列严格的规定，没有按照规定或是超出规定的范围就会被处罚，轻则停飞降级，重则影响整个职业生涯。

还好调查出来后证明是虚惊一场，机组没有违规的地方，这件事也就这么过去了。不过身边还是有一些被处罚的人的，汪先生每每看到那些通知，总会生出一种兔死狐悲的感觉。

汪先生甚至还会做噩梦，他在漆黑的夜里猛然坐起来擦着冷汗，心有余悸："大喵大喵，大喵大喵，我梦见飞机快到跑道头了还没有飞起来，吓死我了，嘤嘤嘤……"

公司里的晋级压力也很大，除了平常的表现，每升一级还需要考试，现在已经不是那个每个人都能当机长的年代了，终身副驾驶比比皆是。

汪先生偶尔也会怀疑自己，他说："大喵大喵，如果我当不了机长怎么办？"

我想了想说："活着就好。"

汪先生目前在飞窄体机，原本以为他每天都可以回家了，最多也不过是在外地过一晚，谁知道我们的完美计划在他搬出宿舍第一天上班时就泡汤了。

那天，他需要在早上八点到公司开会，他在前一晚叫了顺风车，结果第二天一早，小区门口的车堵成一团，走也走不了。汪先生当机立断，下车跑出小区去坐公交车，之后又一路跑到公司，终于赶在最后一分钟前通过了公司的考勤。

这一跑几乎夺去了汪先生的三魂七魄，好长时间都缓不过来，现在想起来还有些后怕。飞机上，汪先生说了自己差点儿迟到的时候，机长有些奇怪："我也住那个小区，从来没有遇到过堵车。不过你这样还好，以前也有人有这种情况，拦车时黑车司机知道你快迟到了，五块钱的路张口就要五十。"

从那以后，除非第二天的航班是下午的，不然汪先生一定要在公司过夜才踏实。

有时候，如果第二天的航班太晚，一天两夜不见也是有的，再加上公司要开会培训，或是要在外地过一天再回，连在一起后，分别的时间就更长了。

有一次见他下午就回来了，我还有些不适应："你飞个单班就回来了？"

汪先生："不然呢？你还想让我飞个四段？"

"呃……"我一下子就有些尴尬，只好没话找话，"一只羊也是赶，两只羊也是赶。"

汪先生：……

19

我有时候都在想，如果以后有一天以家庭的名义生活在一起时，若是出了什么事，他不在身边，我该怎么办。

有一个朋友要结婚了，装修的时候出了点儿意外。供暖那天暖气片从墙上掉下来，滚烫的热水流了满地，家里全是蒸气，像进了仙境似的。所有裸露出来的地板全都被泡坏了，她回家的时候根本不知道该怎么办，差点儿崩溃得大哭起来。

她笑着向我讲这件事时，我只觉得可怕，万一有一天让我遇上这种事，我又该怎么面对。

有一段时间，汪先生的爷爷身体不太好，汪妈妈明确告诉汪先生：“如果真有那么一天，我们也不会告诉你，工作中的你也没办法做什么，还是安心工作吧。”

汪先生只是沉默地低头，他的确不能做什么。他是飞行员，那是他的职业，必须平安地将乘客送到目的地。

20

汪先生经常在外面过夜，常用的洗漱用品都要随身携带。

这天他又要去公司过夜了，收拾箱子时喊我：“大喵大喵，大喵大喵，我的剃须刀呢？快给我拿过来。”

正在写稿子的我不想理他，推托道：“不拿，你的东西上有毒，谁沾谁死。”

汪先生气笑了：“我每天都在碰，我怎么没死？”

我：“因为你有解药。”

汪先生果然没动静了，一定是我说得如此有道理，让他无言以对。

正在我得意扬扬的时候，忽然听到耳畔传来细微的声响：“大喵大喵。”

明明急着出门的汪先生竟然悄无声息地出现在我的身后，恶劣地笑笑："那就把解药喂给你，嗯？"

以下省略一万五千字……

21

汪先生拥有特别的防止吵架的技巧。

每当我异常严肃地要和他"谈"一些事情时，汪先生就会说："大喵大喵，我明天要飞。"

"你胡扯，昨天说要休息。"

"刚通知的，帮别人飞。你知道我的工作有多重要，不能因为情绪上的问题影响安全，那可是上百个生命啊，背后又有着无数个家庭！等我回来再说，好吗？爱你。"

我：……

好吧，我忍。

谁知道到了第二天，汪先生根本没有去上班。

汪先生一脸无辜："哎呀，大喵大喵，我记错了，原来是明天。这次肯定不会错，不信你看。"

我：……

好吧，我忍。

汪先生终于回来了，他先是从箱子里掏出一大堆礼物，然后关切地问我："前两天你要说的是什么事？"

我说："我……我忘了。"

哪里是什么忘了，只不过是看他挺累的，突然就不想吵了。

22

我在微博上勾搭了同为写手的飞友姑娘，她知道汪先生是飞行员后，十分关切地问："妹子，你几岁了？在网上认识的男朋友吗？见过面吗？他是哪个公司的？我认识很多机长，要不要我帮你查一查他是不是真的飞行员？"

原来她的一个朋友刚刚被一个假飞行员骗了，所以才会这么敏感。

后来，我拿这件事问汪先生，问他是不是骗子。

汪先生说："是啊，我不是飞行员，我的照片、执照、同学、经历都是假的，我是路边的一棵草，为了让你多看我一眼，才伪造了这一切。"他一动不动地看着我，郑重其事地说，"只有我的心是真的。"

他说得那么认真，有那么一瞬，我甚至有点儿相信了，好像所有的一切都不过是黄粱一梦，但并不觉得有什么遗憾。

如果他不是飞行员，我们或许就不用担惊受怕，不用被一纸合同绑在压力大的北京。

可是，如果他不是飞行员，我们或许也不会有这份特别的体验和还算可观的收入。

"咳咳……"我拍了拍汪先生的肩膀，无比认真地说，"就算你是假的，也要等你去免税店把化妆品给我买回来再变成假的，谢谢。"

chapter 2

那些年在一起做过的事

1

我们现在住的地方，是汪先生一眼看中的。他说当他第一次走进这个小区的时候，他就有一种恍如隔世的感觉。

那天，汪先生在电话里说："大喵大喵，你知道吗？这个小区很棒，因为它有航校的感觉。"

汪先生认识我的时候，我们还是航校学生。

之所以说汪先生"认识"我，是因为在相当长的一段时间内，我并不知道他的存在。据他所说，他一直坐在离我不远的地方，看看书，又看看我。

时至今日，他的手机里还留有当时的一张照片，其实他偷拍了很多张，有侧面的，有背面的，有站着的，有坐着的，大部分都被我以"变态"为由强制删除了。

在仅剩的那张照片上，我坐在靠窗的弧形桌子前看书，在我的手边放着一个杯子，我们的故事就是从那个杯子开始的。

那段时间，我每天都会去图书馆上自习，杯子也被我留在固定的位置上。突然有一天，我惊异地发现杯子里竟然被人装上了热水。我在自习室里看了一圈，没有发现任何异常，我的微博倒是多了一个粉丝。

桃子小姐得知此事后，比我还兴奋，信誓旦旦要把那个人抓出来。结果第二天、第三天、第四天……桃子小姐虽然一再提早到图书馆的时间，不过被她抓到的仍只是一杯热水。

我们只好从微博下手，桃子小姐正在翻看其中的照片，突然间激动不已地扯了扯我，指着从我们旁边走过去的男生，低声说："就是他，就是他！"

我根本没有反应过来她说的是什么，只见桃子小姐望着汪先生的背影不无感慨地说："他好淡定，从我们身边经过，竟然连看都没有看一眼。"

后来，我和汪先生正式见面了，也是在那时我才知道他已经注意了我很久。和我一起上自习的男生是他的高中同学，汪先生向他要了我的微博，但没有要电话，因为他不敢打。

特别神奇的是汪先生在自习室里随意的一眼，看到的是和他一样来自Y市的我，要知道在这个本地人占了一半的学校里，能遇到老乡是多么不容易。

特别不神奇的是我认识绝大多数航校的Y市同学，包括很多汪先生的朋友，唯独没有听过、见过汪先生，可是这并不妨碍我们在一起，只是让我们相遇的时间晚了一些。

也许早一些相识就不会有那一刻的惊心动魄与今天的美好回忆。

感谢命运的安排，让汪先生和我在对的时间相遇。

2

汪先生说，说不定我们曾在 Y 市的车水马龙中擦肩而过。

有没有擦肩而过我不知道，通过和汪先生的对质，我确定了一件事。我们一定在航校的"电影院"里一起看过很多场电影，只是当时的我们并没有坐在一起。

如果可以，我想穿越回去，告诉那个羡慕在血腥镜头出现时有人帮着捂眼睛的女孩儿："嘿，不用羡慕别人，坐在前面笑得像傻×一样的男生就是你未来的男朋友，你现在要做的是准备好一个杯子。你想知道我是谁吗？我是多年后的你。"

后来我们经常一起去看电影，有一次出来时遇上大雨，汪先生为了表现自己的英勇与体贴，提议独自去拿放在图书馆里的伞。话音一落，他就像脱缰的野狗一样冲向雨中，拦都拦不住。

嗯，雷阵雨来得快去得也快，等他回来的时候雨已经停了。

3

汪先生和我一起去上晚间的选修课，下课后，乌压压的一群人进了电梯。

大概是上面有人按了电梯，电梯竟然没有下去，而是上了六楼。

晚上的六楼已经没课了，电梯门一开，外面黑漆漆一片，连个人影都没有。这种情况其实也不算什么特别的事，谁知道再关门的时候，电梯却开始报警了。

这是什么鬼？明明还是一样的人数，怎么就超重了？

没办法，站在最外面的我们只好向着黑洞一样的六楼走了出去。

我们懵然地看着电梯里想笑又不敢笑的人，电梯里的人也在眼睁睁地看着被他们抛下的我们。

电梯门缓缓关上，直到最后一束光线也消失不见，我不由得翻了一个大大的白眼，在心底咒骂一句，这他妈是什么……

突然间，我的脸颊一热，一旁的汪先生竟然偷偷亲了我。他与我十指相扣，低低地在我耳边说："你说这是不是命运的安排？"

那是汪先生第一次吻我。

4

汪先生之所以会去图书馆是为了飞行理论考试，他在通过考试后就要下分院了。在等候下分院之前，他要抓紧时间回家一趟。

临走之前，我们在图书馆依依惜别。

我问汪先生："吃早饭了吗？"

"没有。"汪先生约好了和同学一起走，他因为在等同学的电话而显得心不在焉。

果然如此，我从包里拿出事先准备好的肉夹馍，大约是没有想到我会注意这样的细节，汪先生的眼睛一下子就亮了，好像是饿了许久的狗狗见到了肉骨头，感动之余给了我一个大大的熊抱。

汪先生的同学来电话了，这下，他真的要走了。我一时无法接受，哭着对他说："你怎么这么讨厌，才刚认识就要离开。"

后来提起这件事，汪先生一脸黑线地向我吐槽："你为什么会哭得那么惨？我当时真的很想说一句，我又不是要死了。"

5

汪先生要去分院了，临走前，桃子小姐请我们去了 KTV。

桃子小姐和汪先生都是很喜欢唱歌的，两人你一首我一首，气氛欢乐而温馨。

快结束的时候，汪先生点了一首《窗外》，说实话，对于这种既有年代感又有些俗气的歌，我是很不屑的，谁知道歌词一出，我就崩溃了。

"再见了心爱的梦中女孩，我将要去远方寻找未来，假如我有一天荣归故里，再到你窗外诉说情怀……"

请允许我说一句脏话，这他妈也太应景了吧！简直就是为汪先生量身定做的！汪先生一直偷偷注视着他的梦中女孩儿，表白之后就要到分院寻找未来，拿了飞行员执照才会回来。

说不清楚到底是什么触动了我，反正唱到这一句的时候，我就开始不停地掉眼泪，汪先生也唱到了兴头上，乐颠颠地回过头，看到泪眼婆娑的我还有点儿不在状态，完全不知道发生了什么事。

很快，桃子小姐出去了，我们因为时间结束去找她，后来发现她蹲在洗手间的地上，她听到声音后回头看我，那满脸的泪水让人心中一惊。

一直到今天，我都没有问过桃子小姐那天因为那首歌想到了什么，又为什么会躲在洗手间里默默大哭。因为只要想到她那样一个人却被我们撞见了她泪流满面的样子，我就不忍心问了。

人总是要向前看的，过去的就让它过去吧。

因为写下了这些文字，我问汪先生还记不记得当年的那首《窗外》。

汪先生一拍大腿，不可思议地说："我就随便点了首歌，怎么就把你们唱哭了？还有桃子小姐，哭得那个惨啊，把我吓坏了。"他沾沾自喜地打开音乐播放器，"不行，我还要再听一听。"

前奏一响，我又有点儿控制不住，赶忙让他关掉。

虽然汪先生至今都不承认，可我说什么也不相信这首歌真是他的无心插柳。汪先生这个心机 Boy。

6

2000 年以前的航校只有飞行和空管两个专业，是名副其实的男校，直到开设空乘专业后才有了女生的身影。哪怕到了今天，航校的女生也是如此之少，我那一届的男女比例是 17:1，有些专业因为只招男生，"纯男班""和尚班"比比皆是。

一位学弟曾经和我说："学姐，你知道吗？我来航校这么长时间，只和两个女人说过话，一个是你，一个是英语老师。"

另一位机务专业的学弟说："在'和尚班'就算了，本来想着选修课上可以看到女生，谁知道连选修课也全都是男的。"

我只能安慰他们："没关系，正好可以利用现在的时间好好学习，等回了公司就会发现——好姑娘已经是别人的了。"

汪先生在航校四年都没有女同学，这也是他一开始没有要我电话的原因——他根本不敢和女生说话。

我问他："你除了倒水，就没有想过更进一步吗？如果我就此离开，我们或许再也不会相见了，你不会遗憾吗？"

他没有用甜言蜜语骗我，而是选择了实话实说："一见钟情都是骗人的，当时只不过是有点儿好感罢了，况且那个时候我又要下分院，也知道这段感情很可能不会长久。如果是没有开始的感情，过去也就过去了。"

虽然他的回答没能满足我的虚荣心，不过这也是事实，有些事情，如果不去试一试，你永远也不会知道原来其中藏着惊喜。

7

汪先生会参加招飞其实也是一个意外。

当时有航空公司在他所上的高中宣传，他的同桌郑重其事地帮他填了一张表，结果还把性别写成了女。

后来，汪先生抱着不用上课的心态参加了招飞体检，没想到陆陆续续有人出去，他却轻而易举地留了下来。

在航空公司面试环节，和汪先生一起进去的四个人巾，除了他都自称是班干部，汪先生当时都惊呆了，不过那些人最终并没有成为他的同学。

汪先生还说面试的时候，面试官问他为什么在脖子上挂着一块玉，他说摘不下来。面试官非常严肃地反问，要不要我帮你摘下来？汪先生不敢说话了，面试官这才吐出一口气，对汪先生下了评语："不诚实"。

汪先生在体检的时候遇到一个学生拿着体检报告大哭，因为医生刚刚和他说："孩子，从检查结果来看，你的心脏有很大的问题，现在已经不是当不当飞行员的事了，抓紧时间治病吧。"

"那一刻，天都塌下来了，你懂不懂那种感觉？"汪先生问我。

招飞体检是要检查下体和菊花的，我每次就这个问题问汪先生时，他总是不愿意多说，直到最近，他突然传给我一个截图，那是网友在回答"你最尴尬的一次经历是怎样的"时给出的答案。

答案里有一张照片，一个全裸的男生弯腰站着，航医在后面扒开其屁股看菊花，上面配了一句话——"招飞体检，这个项目，这个姿势，永远是我一生的痛"。

嗯，我决定从今以后，不再让我男友痛了。

8

我和汪先生的母校有着承袭于军校的校园文化，特别是准军事化管理的飞行技术专业，规章制度多如牛毛。跑操、晨读、周一至周五穿制服、排队上课、整理内务、一天三次集合点名、没有隔夜假、熄灯后不许说话和玩手机……

我曾经转给汪先生一篇名为"蹲监狱是怎样一种体验"的帖子，汪先生看后非常有共鸣，因为其中描述的种种简直就是航校的生活。

这也是为什么我没有在发现杯子里有水的同时发现他的原因，因为汪先生从宿舍楼跑到图书馆倒个水后还要马上回去集合点名。我这才知道，原来那杯水并不是拿上杯子去接一杯水这么简单。在那段他为我倒水的日子里，一个早上他要来回跑三趟，如果他第二次来图书馆时我还没来，他就会试一试水温，然后重新换一杯，一直到我出现在图书馆为止。

我们刚开始约会没两天，汪先生所在的学生队为了督促学生尽早通过飞行理论考试又推出了新政策，每天晚九点在寝室上自习。

注意，是在寝室上自习。所以他在晚七点集合后来见我，快到九点的时候就要回去了。

已经通过考试的汪先生也不得不遵守这一规定，不过他大多时间是阳奉阴违，面前摊着一本书，实际上是在电脑上看CBA。有一次，汪先生在自习期间开电脑的事情被巡查的学生干部抓到了，被大肆批评了一顿。汪先生虽然心有不悦，但还是态度良好地承认了错误。

后来冬去春来，寒来暑往，汪先生入职半年后，领导让汪先生给新来的飞行员们讲一讲生产流程，其中有一个人格外谦逊，对汪先生哥长哥短地叫个不停。汪先生认人的本领一流，他经常和我说，刚才过去的某某就是在什么时候见过的某某。所以当时汪先生已经认出那个人就是当年抓到他玩儿电脑的学生干部，不过那个人应该是对当年的事全无印象了。

汪先生自然也没有说破，只是向我感叹了一句："人生何处不相逢。"

9

航校虽然没有明确的"训新"，不过在飞行专业中，高年级学生总是对低年级学生有着绝对的权威。究其原因，一方面是源于航校的军校传统，另一方面则是对飞行技术专业来说，每高一个年级就代表着一个新的阶段。

在航校，最忌讳的就是飞行学生自称"飞行员"，因为直到下分院真正接触飞机之前，大一、大二的孩子们甚至连飞行学员都算不上，更别说那些只是通过了招飞体检还没入学的高三学生了。

在没下分院之前，那些已经从分院回来的学长们简直就是神一样的存在，因为他们是真正摸过飞机的人！

在学校里，他们也有着种种"特权"。学长们不再需要穿制服、集合点名、整理内务，饭卡里的补助也由210元提升到了750元，可以随便在小炒窗口买25元的红烧鲤鱼吃。更重要的是他们已经经受了飞行训练的洗礼，是真正驾驶过飞机并在严酷的飞行训练中"幸存"下来，顺利取得民用航空器驾驶员执照的人。

所以，每当他们看到那些比较"跳"的学弟时，总会露出历尽沧桑后的迷之微笑。

不过即便这样，他们也不敢自称"飞行员"，因为他们还没有回公司，这中间会不会出现什么变数，谁也不知道。

或许就是这样，只有你见得越多，才越会发现自己的卑微与渺小。

当然，虽然航校管理严格，不过有制度是一回事，实际执行起来又是另一回事。

学校要求空勤学生排队上课，大家却总是在"齐步走"后自觉散开，最多撑到"一二一"的"二"。

航校里有一座天桥，连接新旧两个校区，每次过桥前后，大部分人都会去小吃街买吃的，所以如果在这个时候有人问你回不回寝室，你一定要斩钉截铁地说不回，不然就要负责把人手一个的飞行包拿回去，汪先生一次最多拿过八个包。

在分院的时候，吃饭、上课、训练也都是集体活动，有一次汪先生的师傅负责集合，他像往常一样随口一问："到齐了吗？"

区队长大声说："到齐了！"

师傅点点头，说："好，汪同学留一下。"

区队长看了一眼队伍，尴尬地说："汪同学没来……"

10

那时候的汪先生对我许下豪言壮语："大喵大喵，我要承包你一辈子的姨妈巾。"

我：……

汪先生果然说到做到，向我咨询了一个品牌后便在某宝上下了单。

没过几天我就收到了汪先生的礼物，可是在打开箱子后发现有点儿不对劲儿。箱子里的东西不是我说的品牌，而是另外一个便宜一些的品牌。

这下就尴尬了。

或许是汪先生手头比较紧，所以买了便宜的？如果我对他说了这件事，会不会显得我不懂事？或许汪先生也不懂得这个牌子和那个牌子的差异，只是觉得这个更好一些，我干吗这么关注价钱？

我在纠结了一阵后，决定委婉地告诉汪先生："我收到的是某某牌的。"

汪先生听后，大喊冤枉："大喵大喵，大喵大喵，我买的就是你说的那个牌子。"

汪先生很快联系了卖家，真相是——卖家发错货了。

汪先生对卖家一顿讨伐："你知不知道我差点儿没了女朋友！"

11

端午节的时候我特地去分院看望了汪先生。

那天他还在训练，要我在火车站等着，谁知在我出站时竟然看到了朝我挥手的汪先生。原来他在训练时，脸上一直挂着藏不住的笑。师傅问他原因，他特别自豪地说女朋友要来。他师傅大手一挥，允许他提前走了。

那天，他穿着我们第一次见面时的 T 恤，在接受了我带来的红油耳丝后，遗憾地对我说："大喵大喵，怎么办？我没有给你准备礼物。"

我一边说着没关系，一边斜眼看了看他身上背的小书包。小书包不仅被撑出了四四方方的棱角，还因为拉链拉不上而露出里面棕色的盒子，那正是我们一起逛超市时我向他推荐过的巧克力："我在别人家做客时吃过这个巧克力，每块都不一样，特别好吃，可是太贵了。"

不过一瞬，汪先生又兴致勃勃跳到我面前："哈哈，骗你的，你看，我给你准备了巧克力。"

我：……

虽然已经看到了，可我还是禁不住哭了出来。

提起分院的生活，汪先生总是一脸敬畏。他说在分院，他们连大声说话都不敢。

他说比你早一天去分院的也是师兄，因为他知道的比你多，比你更有经验。

他说如果师傅说你两句，那都是为你好，如果师傅真的不管了，你就哭去吧。

他说在分院的一年是他最痛苦的一年，身累心累，压力大；也是他最开心的一年，这辈子都不会再有独自一人驾驶飞机亲密接触蓝天的机会了；还是他学东西最多的一年，他学会了飞行，学会了什么是低调、什么是做人；更是他改变最多的一年，他从不谙世事的小孩子成长为能够独当一面的飞行学员。

汪先生的高中同学、在国外航校完成飞行训练的亮哥曾经来航校飞模拟机，汪先生请他吃饭时偶遇分院教员，也就是在这个时候，让亮哥永远无法想象的事情出现了。汪先生像老鼠见了猫一样，不由自主地开始颤抖，一边翻包，一边喃喃自语："我的打火机呢？"

和教员打过招呼后，汪先生又坐了回来，他长长地吐出一口气，仿佛俯瞰众生的天神一般分外同情地看了一眼周围大呼小叫的大一新生。因为他们永远都不会想到，旁边就坐着传说中的分院教员。

亮哥满脸的不可思议，他对汪先生说："你怎么变成这样了？当年上高中的时候你可是天不怕地不怕。"亮哥又说，"你们为什么要怕教员，在国外，航校教员都是为你服务的，他要是敢骂你，你就可以投诉他。"

汪先生微微一笑，什么都没有说，这大抵就是东西方教育的差异吧。

在这里要简要介绍一下亮哥，这个在汪先生的人生中留下浓墨重彩的一笔，甚至让他开始怀疑人生的男人。

亮哥的脑回路有点儿特别，或者说是情商有点儿低，和他聊天总是会莫名其妙地受到成吨的伤害。

亮哥比汪先生早几个月回公司，当他在准备室看到穿着制服的汪先生时，顿时露出无比惊讶的表情，问："你怎么会在这儿？"好像汪先生根本不该出现在这儿一样。

汪先生只能无奈地回答："当然是飞航班。"他只是比亮哥晚了几个月开飞，又不是被停飞了，至于这么惊奇吗？

有一次亮哥来宿舍找汪先生，看到桌子上有几盒从食堂领回来的方便面，顺手拿了两个，并理所当然地说："我拿了。"

汪先生刚刚答应一声，亮哥又笑着补充："反正你也没花钱。"

后来他们要一起去一个地方办事，汪先生开车去接亮哥，等了很久都没见亮哥出现。汪先生打电话催他时，亮哥半开玩笑地说："这不是要走一段吗？谁让你不把车开到楼下。"汪先生因为是新手，车子有时候会熄火，亮哥又开始吐槽了："你行不行啊？我带本儿了啊。"

汪先生当时真想把他一脚踹下去。

再后来，汪先生和亮哥绝交了，并且在我面前发誓："我要是再跟他说一句话，我就去死！"

好了，好了，把话题扯回来。

为什么要怕教员？除了中国传统的教育观念，更重要的还是因为笼罩在每个飞行学员头上的魔咒——停飞。虽然大家都是经过精挑细选才进入航校的，然而并不是所有人都会顺利毕业走上飞行员的岗位。

说起停飞的原因，还真是五花八门。有人在入校体检时就被停了，有人是因为没通过飞行理论考试，也有人因为作弊、盗窃、打架等非技术原因停飞（有一次在贴吧里看到有人因为打架停飞，后来又有人澄清说没停飞，是因为打架的人叫"廷飞"）。更多的人是因为在下分院后表现不佳，或者是没有通过十三小时筛选，或者是无法完成单人单飞……

哪怕是顺利完成飞行训练，也有人因为没有通过航线考试或是ICAO英语考试而转通航。也有一些人是因为接触飞行后发现和自己想象的不一样而自愿停飞。停飞后，首先面临的就是转专业，好一点儿的可以转到空管、热动，成绩不好的就会转到其他边缘专业。

其实被停并不意味着失败，只能说明不太适合这个职业而已，况且是驾驶飞机这样带有一定危险性的事情，今日的停飞总好过日后付出生命的代价。

可是，有时候哪怕自己想开了，还是要面对来自家人、同学、朋友的压力，飞出来的就是宝，没飞出来的就是草。

所以，作为飞行员的女朋友也许都要回答这样一个问题：如果他停飞了，你还会和他在一起吗？

就拿汪先生入学时的班级来说，四年过后，有一半的人都被停了（他们班比较奇葩）。

有一位同学被停飞后转入热动专业，停飞的打击和繁重的课程让他变得十分颓废，逃课成了家常便饭，每日都宅在寝室里打游戏，再见他时，他已经变成两百斤的大胖子，精神涣散，不修边幅，根本看不出往日的风采。

还有一位同学被停飞后转入空管专业，至此就没了消息。直到突然有一天，在他的QQ空间里出现这样一行字："一天怒过四六级。"汪先生说，那是他至今想起来会头皮发麻的一句话。这位同学毕业后成了一名管制员，专门给飞行员下命令。

如果改变不了别人的想法，不如下决心改变自己的境遇。

我们专业也转过来一位停飞的同学，不过我们从来没有见过他，后来在宿舍楼下发现一张通告，说是其出去打工了，同学、老师、家长都联系不到他，因此做退学处理。

汪先生有过一次特别尴尬的经历，那次他在北京的公交车上偶遇了一位同班同学，汪先生兴奋地问他是什么时候回公司的、现在飞什么机型。

结果那个同学说，他现在是公司的安全员。后来他又在候机楼的机组休息室见到了这位同学，两人点了个头算是打过招呼，没想到过了一会儿，两人竟然上了同一架飞机。汪先生这才知道，他们即将执飞同一航班，只是在不同的岗位上。

虽然我们会说职业不分贵贱，可是这个世界就是如此现实，传统的观念、工作的内容、到手的薪资、别人的议论，无不在我们身上形成了各式各样的标签。

汪先生曾经参加过空军招飞，他兵荒马乱地走过了心理测试、反应测试，最后倒在了跳马之前，他以害怕为由，说什么也不做这个项目。

招飞负责人语重心长地说："孩子，你错过了改变命运的机会。"

何止是一个跳马会改变命运，一个微小的习惯、一次不经意的选择、一场机缘巧合的遇见、一番慷慨激昂的言辞都有可能让命运的轨迹发生偏转。

有时候，我们是这样无力，好像只能听从命运的安排，却不知今天这样的结果正是前日播下的种子。暂时的不如意也不要轻言放弃，人生的路是那样长，谁知道今天的低谷会不会是日后高楼万丈的地基呢？

只要保持一颗积极向上的心，现在所经历的一切都是最好的安排。

12

我会选择考研很大程度上是因为汪先生,因为他不想让我和他一起去北京,他希望我可以继续深造,给他一个缓冲的时间。

从某种意义上来说,是汪先生改变了我的命运。

作为一个资深学渣,包括高考在内,我从没有刻苦过,除了考研。

前两天,汪先生对我说,每次飞机一落地,清洁队冲上来的第一件事就是开柜子,如果看到机组不要的食物就会迅速收起来。

我听后觉得无比心酸,没想到那些在机组眼里的并不好吃的食物竟是别人眼里的美味珍馐。

我问汪先生:"你还记得吗?我们在航校家属区看到一栋楼下挂着一只鹦鹉,鹦鹉下面聚集着几只老鼠。原来鹦鹉在大快朵颐的同时,会有谷物从食槽里掉出来,老鼠就是为这个而来的。"

如果你不能飞得更高,就只能吃别人指缝里漏下的。

考研那段日子是我有生以来最拼的日子,学英语、背政治、背专业课,不过比起别人的起早贪黑、没日没夜还是差了点儿。

汪先生一直陪在我的身边,每天都在图书馆坐七个小时。他把自己一次性通过航线和 ICAO 都归功于我,说如果没有我,他不会顺利完成飞行训练又通过了所有考试。其实是我应该感谢他,如果不是他,我既不会践行自己考研的愿望,也不会坚持下来,也就无从谈起后来的成绩。

我们每次都是在吃过午饭后去图书馆,到图书馆时已经快十二点了,还留在自习室里看书的人很少。有一次进自习室后,两个男生似乎是打翻了半杯水，其中一个男生灵机一动，走到旁边一个桌子上抽了好几张面巾纸。

我自始至终都在盯着他看，他渐渐从狡黠变为镇定，又被前所未有的慌乱所取代。直到我们从他身边走过，他才长长地松了一口气，和同伴小声嘀咕了两句。

我想，如果我要是在他的注视下到他抽面巾纸的那个位置上坐下，他会是什么反应？想想都觉得有趣。

复习的时候，我每天都会在一个固定的位置学习。有一天中午，对面坐了一个女生，不多一会儿，又来了几个同学找她，大家开始热烈地讨论问题，声音之大，丝毫没有顾忌同桌而坐的我。

当时的我已经忍无可忍，几次想开口都被汪先生拦了下来。他觉得多一事不如少一事，一直给我使眼色，让我忍一忍就算了。

我不这么认为，因为他们并没有停歇的意思，我的让步不会让他们意识到已经打扰到了别人。

就在我又一次抬起头的时候，出乎意料的一幕发生了，汪先生忽然挡在我的面前，先于我开了口。他的措辞很客气，语气更像是在乞求，先说明了我的情况，又拜托他们能换个地方。

那一刻的汪先生虽然没有亮瞎狗眼的光环，也没有高大伟岸的身姿和大义凛然的豪言壮语，但是在我的心里，他就是一个给了我庇护的大英雄。

汪先生就是这样，虽然他不大愿意，不过如果是我坚持的，他还是会义无反顾地替我出头。

我也替汪先生出过头。

那时候他受人之托去一个部门办事，一开始是找不到人，找到人以后又说今天不行，因为他们要去拔河，让汪先生明天再来。

对，虽然有点儿扯，但是你确实没有看错，就是两队人一根绳的那个拔河。

汪先生再去的时候事儿倒是办成了，就是工作人员迟到、态度差什么的让人不太愉快。

正好那时候宇宙第一大报在征集"门难进、脸难看、事难办"的例子，我就把这件事发过去了，没想到编辑很快就回复了，说可以刊发，但是要曝光这个部门的名字。

出于种种顾虑，我和汪先生只好决定放弃，这件事就到此为止了。

现在想起那件事，已然不会生气，反倒觉得有趣，其实说到底还是自己小题大做了。

不过还是要感叹一句，当年真是年轻啊。

13

复习的时候，我曾经沉迷"植物大战僵尸"，有时候还和汪先生抢 iPad 玩。

汪先生终于发现这么下去不是办法，他一气之下把我马上就要通关的僵尸删了，当时把我气得要死，抢过 iPad，把他离总冠军只有一步之遥的 NBA2K 也删了。

这下清净了，我们都可以专心看书了。

不过相比我要学习的内容而言，汪先生的学业还是很简单的，所以他不得不给自己找点儿事干，先是借中文书看，然后又借英文书看，想玩儿游戏又没得玩儿，只能反复玩儿按键手机上的俄罗斯方块。

后来想起那段日子，他说他那时候考航线、考 ICAO，学习得很辛苦。

我说："你什么时候学习了？每天都在玩儿。"

他笑着说："对啊，我不学习也能通过考试。"他一把将我搂在怀里，热热的气息喷在我的耳边，"因为我有神奇小猫咪。"

我表面上翻了个白眼，心里却乐开了花。

考研那两天，汪先生一直陪在我的身边。那时候状况百出，先是因为空调太干，弄得嗓子痛，汪先生赶忙给我买了些消炎药。

复试的时候又忘了带电脑电源线，打印完了简历才发现有错字。看着那堆废纸，我灵机一动，瞅着汪先生问："嘿，你会叠飞机吗？"

汪先生说："会是会，但是我觉得你这个主意好像不太行。"

即便汪先生有些怀疑，还是帮我把飞机折好了。我在每个飞机上写了一句话，和简历一起发给复试的老师。

复试中，有老师把飞机打开了，我顺水推舟，说："一张原本打算扔掉的废纸也可以有机会拥抱蓝天。"这句话放在复试现场，也算得上切题，不过这个小把戏并没有得到怎样的回应。

那天在上台前还发现忘了带眼镜，也是汪先生帮我回去拿的，真不敢想象没有他我该怎么办。

其实后来复试时我也试过一个人。

我害怕落榜所以又调剂了一所学校，汪先生陪我待了一天就回去上课了。后来想起这件事，汪先生很是后悔，他说："我不应该丢下你，有什么比你的事更重要？"

初试时，最后一门专业课特别可怕，卷子上的题目和指定的参考书目几乎没什么关系，我是跨专业的，有几个名词解释甚至连见都没见过。

我只好凭着感觉自己编，这一编，留给后面的时间就少了，更可怕的是好多人都提前交卷了，等我交卷的时候，两个十分的题几乎没怎么写。

卷子收走了，我抬起头，刚好发现站在窗口的汪先生。

我走出教室，问："你怎么进来了？"考场外面是拉着警戒线的。

汪先生说："没人管了。"他接过我肩上的包，又是一阵数落，"你怎么回事？所有人都看到我了，只有你写啊写的没看到。我看别人都写满了，你还空着……"

我一句话也说不出来，只想扑到他怀里哭。

考研结束后，我们踏上了回家的火车。

出发前，我特意向汪先生强调，我有一年也是凌晨五点出发的，外面特别冷，要把所有能保暖的东西都用上。结果没走两步，我们就热得不行，我被汪先生嘲笑了一番。

到了火车站，我和汪先生正在站台上狂奔的时候，意外遇到了我的高中同学大柿子，他也要坐这趟车回家。

大柿子是学霸，曾经拿着一张满分的化学卷子故意在我面前晃悠。

他的意图很明显，我的态度也很明确，因为我讨厌装×的男人。

当我说出拒绝的话时，他竟然反问我："你是不是喜欢 B 哥，因为你经常和他讨论没节操的话题。"

那时的我内心是极度崩溃的，我甚至一度以为大柿子对 B 哥有意思，因为情人眼里才会出西施。

我很快向他解释，我之所以会和 B 哥讨论没节操的话题，恰恰是因为我对他没有任何遐想。

这件事后，我再没有和大柿子发生过任何交集，他也迅速和班里的另一个女生传出了绯闻，不过有一件事我还是要谢谢他。

我所就读的高中有两个文科班，高三那年，在座谈会上，秉承"竞争才能出成绩"理念的校长提出分班，也就是把快班和慢班改为两个平行班。

参会的同学都表示同意。

作为当中的一员，我尤其希望这个想法能变为现实，倒不是为了所谓的"竞争才能出成绩"，而是希望能够通过分班离开现有的环境，特别是古板又严苛的英语老太。

风暴发生在确定分班名单的那一天，当我如愿被分到另一个班级时，哀伤不满的气氛逐渐在班级中蔓延开来，有些人是不想和好朋友分开，但更多人是因为猛然领悟到一个问题——两个班级的老师不一样！被分出去的人不会再享有现在的师资配备，有相当一部分科目会由中生代教师接手，这让很多人不能接受。

我不知道这个误会是怎么造成的，总之处于悲愤中的同学们很快就达成了一致——不分班，坚决不分！甚至有同学狠狠地关上门，并把一把椅子挡在门后，放话说："今天谁都不许走。"

门口已经聚集了一些被分入的同学，然而我们这边还没有任何动静，主持此次分班的老师不得不推门进来，几次三番请被分出的同学离开，但是没有人理会。

她是我最爱的老师之一，在她又一次无可奈何地发出请求时，我终于忍不住站了起来。

冲动之下的我，根本没想过这一站意味着什么。

因为在我进入新班级后相当长的一段时间内，一直没有第二个人进入。我不知道那边发生了什么，也不知道接下来会怎样，最糟糕的是分班会不会就这么算了？就在我渐渐感到不安的时候，我看到有人走了进来，只是没想到，这个人竟然会是大柿子！

我们没有打招呼，也没有目光的接触，教室里一片死寂，留在这个班的同学也不知道去了哪里。尴尬、无措、恐惧笼罩着我，但至少比刚才孤单一人好了一些。

很快就有被分出的同学进来了，大家有的愤愤不平，有的泪眼婆娑，共同点是都没给我一个好脸色。此后，我渐渐意识到自己做了怎样的事，班级里的窃窃私语，上下楼时来自原班级同学意味不明的眼神，之前放椅子的男生更是直言不讳："你真行！"好朋友也向我说了别人对我的抱怨，我只能一遍又一遍地重复："不想分班当初在座谈会上就不要同意，现在又怎么能出尔反尔。"

也是在那个时候，我虽然问心无愧，却也感到后怕，如果分班计划因为同学们的抗争而流产，我又该如何自处，如果不是高三繁重的学业让人无暇他顾，我又要面临怎样的人际环境。这也不由得让我想到，作为第二个出来的大柿子是不是也承受了压力，遭到了抱怨。

一觉醒来，也个知道火车开出了多远。

我的手机收到一条信息，大柿子说来找过我，看到我趴在汪先生的腿上睡着了，就没有打扰。后来他又过来，彼此寒暄了一阵，客套又疏离。

我没有问他当年会出来的原因，出来后是不是和我一样感到后怕，还是已经准备好了承担一切。不管怎样，我都要感谢他，在我最无助的时候和我一起背叛全世界。

聊天的过程特别尴尬，我们都不知道该说些什么，他只好自顾自地说自己刚刚才参加了研究生考试，考了政治就没再去了。

我的心骤然一跳，脸上却没有多余的表情，我点头应和着，对于自己考研的事情只字未提。

事实上，我没有和任何人说过考研的事情，哪怕是假装不经意般和别人聊起考研的话题，也会把自己考研的事情小心翼翼地隐藏起来，因为我害怕失败。

尴尬的聊天很快就结束了，自此一别，至今未见，虽然他的联系方式就在我的手机里，不过一句"谢谢"却是永永远远也不会说出口了。

现在想来，我还是有些对不起大柿子的。

当年特别迷恋一部电视剧，可是放眼全班只有大柿子看过，所以每到课间我都会去找他。

大概是这个举动让他误会了吧，其实如果他真是我男神，我反而不敢这么主动。自他若有似无地表明心迹后，我便开始有意疏远他。

没想到有一天，刚到学校的我发现课桌里放着一个密封盒，我很快反应过来这是怎么回事，然后灵机一动，转手把这个烫手山芋给了同桌，一本正经地说："送你的，回去把盒子洗了还我。"

同桌根本没有多想，兴高采烈地收下了。

回去的路上我才知道盒子里装的是大柿子亲手包的粽子。

同桌一向马虎，他能完好地把盒子带回来还是让我很意外的。我没有收下盒子，而是一直憋着笑，残忍地说出真相："这是大柿子的。"

同桌的脸一下子僵了，不过他还是勉强扯了扯嘴角，转头对过道那边的大柿子意味深长地说了一句："你的粽子真好吃。"

14

考研结束那天，感觉特别不好，走出校门时，我哭着对汪先生说："再也不会来了。"

我翻开书，凭着记忆对答案，一会儿觉得好像没问题，一会儿又觉得没希望，整个人都快崩溃了。

谁知道初试分数竟然上了国家线。不过依照往年的录取情况来看，这个分数基本没什么希望。然而就在这时，忽然又有了转机，因为当年要招八个人，上线人数却只有六个。

虽然复试名单上又多了六个调剂生，不过在这六个人中，实际参加复试的只有三个，而且其中一人在等候复试的时候接到了一所高校确认录取的电话，所以他肯定不会来了，也就是说，基本上不存在淘汰的情况。可是我依旧没有放下心，反而因为复试时自我感觉非常糟糕的表现而患得患失，总觉得这个名额很可能会挪给其他专业。

复试结束后，我依旧泪流满面，还是在走出校门时，哭着对汪先生说："再也不会来了。"

好在天遂人愿，最终结果是我被录取了，我又出现在了这个梦寐以求的校园里。

自我感觉糟糕的复试竟然也排到了第二，三个调剂生中只来了一个，也就是说我们这一届竟然没有招够，还多出了一个名额。

下一届的竞争则格外激烈，有十八个人参加复试，最终只录取了八个。

那一刻让我深切地感受到，我真的只是运气好而已。

15

临近毕业，大家最关心的是未来的去向。

听说某男生停飞了，大家都诧异又惋惜。

听说他之前签的是试飞员，大家又如释重负般地"哦"。

听说某空乘专业女生签了苏宁，大家还是诧异又惋惜地"啊"。

听说她签的是苏宁公务机，大家又羡慕不已地"哦"。

航校是一个有梦的地方，在这里的每个人都对蓝天有着无限的眷恋。

印象最深的是在刚入校时，我在一家奶茶店的墙上发现了至今难忘的一幕。

奶茶店的墙上有密密麻麻的贴纸，这本身并没有什么稀奇的，稀奇的是角落里贴着一幅"画"，它由三张贴纸组成，合起来就是一幅手绘的驾驶舱全景图，"画"的旁边写着一句话："我一定要开747！"

这么多年过去了，当年的奶茶店早已易主，墙上的贴纸也都消失不见了，可是属于一个人的梦想我却永远记得。

汪先生在听说这件事后很不以为然："那有什么？画座舱图是飞行员的基本功。"

也许那也是他的梦想。

16

航校不像一个大学，她没有一个大学该有的学科巨擘或是人文底蕴，但是她又因为打上了一个行业的烙印而如此特殊。

她拥有足以满足对蓝天所有幻想的细节，广场上的航空史浮雕、五教前的退役教练机、摆放在图书馆里的飞机模型，还有不时从头顶飞过的飞机，甚至连学校里的主干道都叫"凌云大道"。

她号称是面积第一的大学，其实是因为包含了几个机场。贴吧里有新生提问："学校那么大，要不要买自行车？"有学长回答："大，实在是太大了，所以八点半上课，八点二十起床，路上还能买个早餐。"不过，机场的确大得可怕，有一次，汪先生不得不拜托拉砖的拖拉机载他一段。

她是如此重视体育，常规项目如3000米、5000米自然不在话下，除此之外，空勤学生要学习活滚、固滚、悬梯，练完之后身上青一块紫一块都是常有的事，严重的还有人一不留神用脸着了地的。

她有特殊的毕业仪式，毕业晚会上，分院的教练机会在晚会现场低空通过，发动机的轰鸣声与欢乐的人声交织在一起，铸就了毕生难忘的图景。

她像中学一样，还有自己的"校服"，而且还不止一种，有运动服、形体服、篮球服和防寒服。其中夹克式的防寒服最受大家欢迎，很多同学不只平常爱穿，寒假回家时也会穿。

我和汪先生就是凭借着防寒服认出校友的。

那年冬天，我们在一个古城旅游，夜深人静时，只有朦胧的灯光照在青砖街道上，突然间，我惊叫一声，说："航校的！"

路过的小哥还在低头看手机，听到声音吓了一跳，汪先生上去就问："哪个专业的？"

我则欢呼雀跃地向他介绍："我们是××级的。"

小哥颤抖着喊了声"学长好、学姐好"，接着像撞了鬼一样拔腿就跑。

我和汪先生根本没意识到我们给小哥造成了怎样的"心灵伤害"，只觉得缘分这件事真是神奇，在这样遥远的省份，在如此闭塞的小县城，在人烟稀少的晚上，还能因为一件衣服遇到校友。那天晚上，我像个傻子一样不停地笑："航校的，竟然是航校的！"

汪先生：……

当然了，航校最为标志性的还是那套异常抢眼的制服。

刚入校时，每每看到穿着制服的学长、学姐行走在凌云大道时，新生们总会把羡慕写在脸上，等到制服发下来后，又会迫不及待地拍照留念。不过随着时间的推移，制服渐渐成了一种束缚，每每提起，总是怨气满满。

学长们看到大一新生穿着制服坐飞机回家，会毫不留情地开启群嘲。

"大一学长，你好。"

"机长，你开上飞机了吗？"

"学弟，你知不知道什么是低调？"

其实他们大抵是一边骂着，一边偷偷看着手机里的制服照吧！

马上就要离开了，我和汪先生又穿上制服在学校里拍了一些照片，还去机场边上看了飞机起降。

当飞机过来时，我跳起来向他们挥手，我问汪先生："他们能看到我们吗？"

汪先生宠溺地笑着，坚定地说："当然能。"

那是我对航校最后的回忆。

从今以后，我们再也不会穿这身衣服了。

17

当然不是，汪先生一直把航校制服当"工作服"——做饭时的工作服。

有一次他在开火后慌慌张张地大喊："忘穿工作服了！"然后扔下我和炒锅跑了出去，不一会儿又穿着制服回来了。

正当他无比潇洒地抛下一把葱、姜、蒜的时候，我"咦"了一声，目光落在他胸前口袋里别着的一支笔上，旋即狂笑不止："你穿的是公司制服。"

汪先生低头一看，骂了句脏话又跑了出去。

最近一次收拾东西时，汪先生翻出两件航校时的衬衫："大喵大喵，你还要拍照吗？要不扔了吧？"我之前和汪先生说过这件事，我希望我们拍结婚照时可以一起穿上航校制服，因为我们是在那里相识相爱的。

我在一旁没有吭声，汪先生很快又把衬衫扔进了柜子里，说："算了，听说航校要换新制服，这东西就要绝版了。"

我知道，汪先生嘴上这么说，其实他的心里也是舍不得的。

航校也有很多不好的地方，很奇怪，你现在让我说有什么不好的地方，我竟然一个也说不上来。

在航校的时候也不是我求学生涯中最快乐的时光，在那里我经历了陷害、背叛和钩心斗角，你现在让我说当时有多痛苦，我竟然也想不起来了。

我想这一切都是因为我在这里遇到了今生最爱的人，汪先生用他温暖的笑容把我狭小的脑容量填得满满的，不给那些恼人的阴霾留下一丝一毫的空隙。

自此以后，"航校"这个在别人那里的一所学校的代名词，在我们这里又多了一层含义，那就是属于我们的幸福回忆。

chapter 3

飞机上的那些事儿

1

汪先生刚开始学飞时，看见什么都觉得新鲜。

有一天他在跑道头等待，猛然看到草丛里有一只灰扑扑的野兔，旋即大叫一声："看，兔子！"

驾驶舱里静悄悄的，师傅、师兄各忙各的，没有一个人理他。

前些天汪先生在首都机场等待起飞，即将落地的飞机惊起了草丛里的一群鸽子，鸽子慌不择路，撞上了飞机发动机，仿佛飞蛾扑火一般，扑簌簌地全落了下来。

看着跑道上的鸽子尸体，汪先生很是难过，他说："天空本是属于鸟的。"

不管是飞行员还是乘务员，每次去工作都要与一群不甚熟悉甚至是完全陌生的脸孔合作。为了能够迅速打开人际关系，汪先生特意准备了一些宝贝——口香糖、棒棒糖、果汁软糖。为了能够获得乘务组的热情款待，汪先生也会请乘务姐姐们挑选糖果。

有一次，乘务姐姐们对某款果汁软糖赞不绝口，纷纷表示这是她们吃过最好吃的糖果。她们不仅露出如痴如醉的表情，还激动不已地交流经验。

"你们吃的是什么味道？我的是荔枝的！"

"好像是橙子。"

"啊！我的是柠檬，我最喜欢柠檬了！"

接着又有一个姐姐撒娇似的问汪先生："你在哪儿买的？"还说了一个汪先生从来没听过的店名。

汪先生沉默半晌，最后在大家的追问下颇为艰难地吐出三个字："京客隆（机场生活区的一家超市）。"

然后就没人说话了。

2

就在最近，汪先生经历了他入行以来最窘的一个航班。

他早上六点到准备室，就在他迷迷糊糊的时候，有人从背后推了推他，原来是本次航班的机长。

机长一脸坏笑，说："嘿，天气不好，推迟了，回去睡觉。"

汪先生答应一声便去公寓开了房，但他才刚刚在床上躺下，又接到了机长的电话："嘿，天气好了，下楼上车。"

汪先生很快从床上爬起来，上车、进场、上飞机。

机组准备好了一切，眼看就能起飞了，地面却报告说，乘客丢了。原来是刚才一延误，乘客们四散奔逃找乐子去了，连这边要登机了都不知道。

好不容易把乘客找齐了，机务却报告说："机长，拖车还在，然而司机不知道去了哪里。"好在没过多久，拖车司机终于急急忙忙地跑回来了。

司机就位后，飞机终于可以上跑道了，乘务组却在这个时候打来电话："机长，有乘客说丢了行李。"

机长的内心是崩溃的，不过本着对乘客负责的精神，还是一遍一遍地在频率里帮他联系。据乘客回忆行李应该是丢在了摆渡车上，随即有工作人员把每辆摆渡车都找了一遍，可惜一无所获。

机长当机立断："不等了，我们先起飞，如果找到了再给他运过去。"

按照当时的情况，这似乎是最好的办法，不过一想到丢了行李的乘客在抵达目的地后很可能会遇到缺衣少食的窘况，汪先生还是有些难过的。

那天，他们虽然遇到了一系列波折，好在统统有惊无险，却只有这件事没有一个圆满的结果。

汪先生一直惦记着这件事，下班时还问乘务长："后来怎么样了？"

乘务长叹了一口气，哭笑不得："行李没有丢，就放在飞机的行李架上，原来是他的同伴帮他拿了。"

那一刻，汪先生有点儿开心，又有点儿难过。

3

与人打交道总是一件很难的事。

汪先生有同学在一家货运公司开货机，虽然少了空姐的帮助，要自己关门、烤饭、冲咖啡，不过也相应地省了不少事儿。

有乘客为了在下飞机后不用等行李，更愿意把行李带上客舱。可是客舱里能放东西的地方就那么多，一旦放不下了就很容易产生口角，说不定还会给自己带来更大的麻烦。

一次航班上多出来两个箱子，这边好不容易说服乘客同意把箱子放进货舱，那边行李员来了以后，竟然因为不愿意再开货舱门而直接把箱子拿走了。

当班乘务长很是愧疚，不断地向两位乘客道歉，还把自己的私人电话留给他们。一位乘客很不好意思，一再说是自己给乘务长添麻烦了，另一乘客则不依不饶，扬言要投诉到底。其实这件事和乘务长又有多大的关系呢？

有时候会有流控，长时间的等待后终于有了时刻，签派通知机长，如果不能在某时之前推出，就又要等上几个小时。可偏偏就在这个时候，又有乘客说不坐了，要马上下飞机。乘务组苦劝无果，只能同意下客清舱，再把该乘客的托运行李找出来，一下子又要延误很久。

还有一次，有一位乘客看上去极度虚弱，按规定是不适宜乘机的，在家属百般乞求下，机长只好勉强同意。机长向家属说明了风险，又让他们写了一份材料。可是，在关上驾驶舱门以后，机长却在无奈叹气，他说："如果真出了事，这张纸根本没有什么用。"

机长拿着最高的薪水，也担着最大的责任，那种所有人都在眼巴巴地等着你下决断的场面，想想都觉得心惊。

更心塞的是一个航班的运行需要很多个部门的支持，任何一个环节有问题都会最终反馈到飞机里，反馈到机组和乘客之间。

面对乘客的质疑，即便是拥有绝对权力的机长也很难给出一个交代，这大抵就叫作"有心无力"吧。

汪先生的运气极好，总是能完美避开各种雷雨暴雪情况，哪怕是遇上流控也不过耽搁两三个小时的光景。

有一次又有点儿延误了，好在还是按照计划到达了目的地，没有因为取消而耽误了乘客的行程。

说来也巧，机组到酒店过夜时，恰巧碰到了也来这家酒店住宿的同机旅客，那人一下子认出了他们，追着机组大喊："难怪你们不着急，原来是要在这边过夜，飞行时间才一个小时，延误就延误了两个小时，我还不如去坐高铁！以后再也不坐 × 航啦！"

大约是见惯了这样的场面，整个机组都在默默等着汪先生办入住手续，谁也没有搭话，已经飞了一天，谁不想早点儿休息呢？

乘客有气，撒一撒也就完了。

同事上楼以后，汪先生去了酒店门口，在那里，他的爸爸妈妈因为航班延误已经等了很久。

那天，他飞 Y 市过夜，他明明回到了思慕已久的家乡，却因为第二天一早还有飞行任务不能回家。

汪先生刚开飞没多久就受到了一万点伤害。

那天到了饭点儿，乘务员进来问要不要吃饭，机长拿出一盒饺子，十分自豪地说："不吃，媳妇给带了！"

第一副驾驶也拿出一盒饭团，炫耀似的说："不吃，媳妇给带了！"

乘务员转向汪先生，挑眉道："你也不吃？"

"不不不。"汪先生连连摆手，虽然他并不想吃机组餐，可是如果不吃下的话，他也没别的可吃了。

汪先生含着泪说："我吃。"

下班后，汪先生在电话里哭诉："大喵大喵，你什么时候来？

我也要带饭。"

我去，为什么感觉自己多了个儿子。

4

除夕那天，汪先生还要飞两班，第一班是离京的航班，为的是让旅客在钟声敲响之前和家人团聚，第二班是回京的航班，所以一个乘客也没有。

为了纪念这一天，机组在上班前拿着公司发的糖果和红包拍了合影，我看过之后发现中间的一个妹子格外漂亮，汪先生看了一会儿，好像发现了什么不对。他又翻出另一张照片给我看，正是那张照片的原图。

原来这张照片是用汪先生的手机拍的，妹子要了之后P了一下才发到朋友圈。

难怪在后一张照片里，那个妹子会分外好看，洞悉其中的名堂后，汪先生气得大吼："怎么会有这种人，P照片只P自己！"

一次聚会上，汪先生发现了一件奇怪的事情。

别人聊微信时坦坦荡荡，机长聊微信却遮遮掩掩，时不时回头看他一眼，好像生怕他看到什么一样。

其实汪先生已经看到了，从机长手机里的头像来看，他聊天的对象正是汪先生认识的乘务员小梦。

汪先生大为震惊，因为他在刚刚的聊天中得知，机长已经结婚了，孩子刚刚出生。和乘务员聊微信或许算不上什么十恶不赦的大罪，可是偏偏做出这样一副心虚的样子，实在不能不叫人怀疑。

不久之后，汪先生又注意到，机长发了一条微信在朋友圈，大致内容是："我不喜欢牵任何人的手，除了你。"小梦给他留言了，留言内容只有两个字："想你"。汪先生本想截图的，后来还是没有下手，就在一个刷新的工夫，刚才的内容已经不见了。

让汪先生没想到的是，这件事竟然还有后续。

突然有一天，小梦给他发消息："你是不是加了 × 机长的微信？"汪先生猛然想到，× 机长刚刚给自己的朋友圈留过言，小梦一定发现了三个人互为好友，也就是说小梦很可能已经察觉到汪先生知道了她和机长的秘密。

就在汪先生不知道该如何是好的时候，小梦发来的消息又让他震惊了一次，她说："你能不能把机长的朋友圈截个图发给我？"

原来她并不在乎别人怎么看她，她只在乎那个男人是不是真的爱她。

汪先生很快截了图，小梦看过之后向他表示了感谢。至于她看到的朋友圈和汪先生看到的朋友圈是否一样，只有她自己知道了。

事情到了这里，完全出乎了我的意料，我先是惊诧于小梦的无所顾忌，接着又为小梦生出些许心疼。

或许她并不知道机长的真实情况，或许她只是无端地自作多情才会这样患得患失，又或许她明明知道一切却又为爱痴狂到无法自拔。

世界上最大的错觉就是"TA 喜欢我"，特别是渴望美好爱情的年轻女孩儿，总是期盼着"能有一个盖世英雄踩着五彩祥云来接我"，如果这时候再遇上一个别有用心的男人，一个眼神、一句问候、一次恰到好处的关心都有可能成为她沦陷的理由。

作为旁观者，谁也说不清其中的是非曲直，或许一切都只是我和汪先生的臆测，机长还是那个给孩子喂奶换尿布的好爸爸、好丈夫，小梦还是那个一心等待心上人出现的好姑娘，汪先生还是那个自始至终望着窗外，什么都没有看到的汪先生……

不久之后，刘总和小梦飞了一次，闲聊时，小梦问他："汪先生有没有女朋友？"

刘总说有。

小梦听后，意味深长地叹了一口气，也不知道她是不是已然心灰意冷，想要脱离苦海。

对了，忘记说了，小梦就是那个和汪先生一起唱过歌，曾经让汪先生有过遐想的女孩儿。

5

这天飞完第一段，机长把乘务长叫来骂了一顿，原来机组说了要吃饭却迟迟没有送进来，机长又问乘务长饭准备得怎么样了。

乘务长不好意思地低下头，说："还没有准备。实在对不起，我之前没有听清楚。"

机长叹了口气，也就这么算了。

汪先生出去时恰好听到乘务长在打电话，温柔的声音里透着焦急。她问电话那边的人，自己的孩子有没有到学校，有没有写作业。她说自己在外面出差，孩子的爸爸也不在家，昨天晚上只有孩子一个人在家，她现在很担心。

汪先生这才恍然大悟，难怪乘务长会把给机组烤饭这件事忘掉了，原来她的心思都在另一个人身上。

初中时，我坐晚上的公交车回家，女司机把车开得飞快，车上正好有搭车的同事，那人好奇地问她："你怎么开这么快？不要节油奖了？"

女司机想也没想，说道："我要早点儿回家给孩子做饭。"她的语气中没有半分不舍，反而透着无尽的骄傲。

妈妈说她曾经通过了一家省级广播台广播员的面试，可是一想到要封闭培训三个月，她就放弃了，因为那个时候已经有了我。

母亲这个身份，带走了一个女人所有的斗志，又给了她足以扛下一切的勇气。

6

汪先生说："我在驾驶舱捡到一只虾。"

我说："然后你就把它吃了？"

汪先生说："我要说的是，你是不是就要问我好吃吗？"

话音一落，我和他都是会心一笑。

这么多年过太了，江先生深知我的习惯，他只要说吃了个什么东西，我一定会问好吃吗。就算他急着要说其他话题，我还是会郑重其事地说回这个问题，一定要让他正面回答后才肯罢休。

机组在外地过夜时通常会去外面吃东西，哪怕是过站航班也要去候机楼买些吃的。

有一次，汪先生的同事问他："你们是不是吃生煎包了？"

汪先生说："你怎么知道？"

"机长把纸盒忘在风挡了。"

又一次，汪先生说："大喵大喵，今天的航班配了冰激凌！"

我："好吃吗？"

汪先生："特别甜！像你一样！"

我：……

7

汪先生有同事辞职了，据说是跳槽到了一家公务机公司，真正是事少钱多离家近，让汪先生很是羡慕。

那天，汪先生在飞机上等着上客，刚好看到不远处的停机坪上，机长、空姐都恭恭敬敬地站在公务机门口，笑容可掬地迎接土豪上飞机，汪先生不由得吓出一身冷汗，随即彻底打消了这个念头。

汪先生长得不算帅，但是十分有特点，有那么一点儿"着急"，又有那么一点儿不怒自威。

大四开学的时候，有学弟学妹摆摊卖东西，汪先生路过时有学弟冲他喊："叔叔，过来看一看吧，衣架、插线板，便宜卖啦。"

我和汪先生都吓了一跳，不过我很快就反应过来，冲着汪先生声情并茂地喊了一声："爸爸！"

汪先生差点儿没气死。

回了公司后，他一直被乘务员叫"机长"，汪先生吓得连连摆手，一遍又一遍地解释："我不是机长。"

时间长了，汪先生终于发现，原来"机长"只是乘务员对飞行员的一种较为方便的称呼，和实际职务没有关系，他也就坦然接受了。

托了长相的福，汪先生总被机长当作资深副驾驶，他说自己是菜鸟，机长都不相信。

还是因为长相，汪先生很自然地当起了"大哥"。

别看刘总在别人那里飞扬跋扈，在汪先生这里一样要伏低做小。

《十万个冷笑话》里有一句台词是"不要叫我大王，要叫我女王大人"。汪先生信手拈来，想要逗一逗刘总。

在刘总问问题的时候，汪先生对他说："别叫我大哥，要叫我大王。"

刘总虽然有些怀疑汪先生是吃错药了，但还是答应一声，说："好的，大王。"

8

汪先生的飞行箱上贴着各式各样经过精心挑选的贴画。

突然有一天，公司发通知，禁止在飞行箱上贴东西。

汪先生这个"遵纪守法"的 Boy 很快把那些价值不菲的贴画全撕了。

直到他上班时才惊讶地发现，其他人根本没执行通知要求，公司也没有人因此而开展检查，汪先生的心里便产生一种被骗了的感觉。

后来，为了方便确认是自己的箱子，我在他的箱子上挂了一个毛绒小飞机。

汪先生对小飞机爱不释手，带着它走南闯北，逛遍天涯。

很快，汪先生特别骄傲地对我说："大喵大喵，因为这个小飞机，乘务员和我搭讪啦！"

我：……

准备航班时，汪先生和机长说起一件事："前两天有人飞了个五十度的大坡度。"

机长答应一声，让汪先生查一查目的地天气怎么样。

汪先生看了看说："二十六度，不冷也不热。"

机长好像突然想起来什么一样，问汪先生："前两天五十度的是哪儿？"

汪先生说："印度啊。"他刚刚看了新闻，印度因为气温太高热死了不少人，各种照片惨不忍睹，给他留下了很深的印象。

"啊？"机长有些惊奇，若有所思地反问，"我们公司还飞印度？"

汪先生这才知道机长说的是五十度大坡度那件事，连忙忍着笑更正了一下。

我听汪先生讲这件事时，都快要笑死了。

汪先生叹了口气："我还以为五十度大坡度的事已经翻篇儿了，谁知道机长还留在那儿，简直和树懒一样。"

9

汪先生第一次时飞往某地，他悉心计划了第二天的行程，要去一个当地特别有名的景点。乘务员们也各自有自己的计划。

吃晚饭的时候，机长打来电话问汪先生第二天要去哪里玩儿。

汪先生迟疑了一下，说："您要去哪里吗？"

机长说了另一个景点，汪先生说："好啊，我和您一起去。"

我问汪先生怎么放弃自己的计划了。

他说机长会打电话就是有意约他，他怎么能让机长落单呢？

汪先生真是个温暖的人啊！

那天还发生了一件事。

汪先生看到从行李车上掉下来一个玩具熊挂件，他就把这个不起眼儿的小东西交给了机场的工作人员，虽然这个小熊不太可能再回到它的主人手里。

汪先生说："既然这个世界上已经有了一个伤心的小姑娘，就别再多一个无家可归的玩具熊。"

汪先生第一次坐机长位，上客时有一个小孩子在客梯车上冲着驾驶舱又叫又跳，家长劝了半天也不听，还在那里不依不饶地闹。

听到声音的汪先生不得不叹了一口气，调整了一下表情后，拉开故意挡在玻璃上的东西，转身看向窗外，冲着那个小朋友挥了挥手，说："嗨！"

10

在一次聚会中，汪先生在某航的同学提到自己前不久载了一位中年男演员，其间经历的 件事非常值得深思。

起初，机组是不知道旅客中有一位名人的，直到有旅客迟迟没有登机，才有地服联系了机长。

地服说有旅客把重要的东西落在了安检处，现在已经派人去找了，请机长再等一等。

眼看着飞机就要起飞了还不能关舱门，机长一声令下："马上关舱门，再不登机就减客。"

地服一下子着急了，苦苦哀求机长再等一等，最后更是几近哽咽般说出了该乘客的身份："机长，他可是某某啊！"

不说这句话还好，一听说拖着不登机的人原来"大有来头"，机长顿时火冒三丈："名人怎么了？名人就能有特权？我再说一遍，马上关舱门。"

说来也巧，就在这个时候，东西及时送到了，男演员终于可以带着对他来说非常重要的东西安心登机了。

故事讲到这里，汪先生的同学意味深长地笑了笑，随即向我们抛出一个问题："如果不是因为是名人，地服还会那样尽心尽力吗？如果不是因为是名人，机长又会不会网开一面？"

汪先生则颇为感慨地摇头叹息："机长太不容易了，作为航班上的最终决策者，很难让每个决定都做到皆大欢喜。"

"嗯。"我若有所思地点点头，接着十分认真地问汪先生的同学，"你有拿到男演员的签名吗？他本人和电视上区别大吗？他爱喝茶还是爱喝咖啡？"

"呃……"感觉到现场的气氛似乎有了些微妙的变化，我立刻改口，"对啊，这个故事告诉我们，出门在外一定要检查好自己的东西。"

11

这天有乘务员给机组送来咖啡，汪先生接过咖啡后，机长半开玩笑地对汪先生说："你对人家客气点儿。"

汪先生一头雾水，自认为没有什么不得体的地方。

与此同时，机长露出一丝颇为得意的笑，慢条斯理地补充："她可是你嫂子。"

汪先生这才知道原来这个乘务员就是机长的老婆。后来在一次闲聊中，机长望着窗外曼妙的云霞讲述了自己和老婆相识的过程。

他们的初见是在一次航班上，那时还没有上客，大家坐在客舱里闲聊，一群女孩子围着机长、副驾驶叽叽喳喳的，唯独L坐在远离人群的角落里，一动不动地望着窗外。

几天后，机长受介绍人之命去约定的地方相亲，没想到和他约会的女孩儿竟然就是那个特立独行的L。

这一次，L依旧显得心不在焉，别人相亲都会特意打扮一下，穿个连衣裙、高跟鞋什么的，L不是，穿着T恤短裤，戴着黑框眼镜，一副出门买菜的样子。

机长心里想，很好，你成功吸引了我的注意。

没过多久，他们就在一起了，一直到今天。

听了机长的故事，我有感而发——看来偶像剧里演得没错啊，一定要特别一点儿才能吸引别人的注意。

汪先生说："对，L特别漂亮。"

我：……

再见，这个看脸的世界。

12

飞机快要降落了，汪先生闭上眼睛掐指一算，信誓旦旦地说当地在刮东风，所以会用×号跑道。

机长不信，反驳说这个地方处于西风带，怎么会刮东风。

汪先生也不解释，只是淡淡一笑，说一会儿见分晓。

很快，空管给出指令，果然如汪先生所料，当地确实在刮东风。

在下一个城市降落后，天气突变，机场下起了暴雨，机长不免有些担心，害怕短时间内无法起飞。

汪先生又是掐指一算，笑眯眯地劝机长不用担心，雨虽然大，却只会在一边下，不会波及我们要飞的方向。

这一次机长将信将疑，虽然准备照常上客，心里却始终有些担心。

没想到飞机真的正点起飞了，冲破云雾后更是晴空万里，一路畅通，半点儿雨都没有遇到。

机长终于相信汪先生不是信口开河，对他渊博的气象知识佩服不已。

汪先生忍不住笑了起来，落地后拿出手机，推荐给机长一款 M 开头的专业天气预报 APP。

13

汪先生买车后一度非常迷恋打车软件，经常在上下班的同时接个活儿。

有一次，他载了两位小空乘，其中一个小空乘一直在对同伴吐槽。

"我们廉价航空有个好处，就是不用伺候乘客，只要把机组伺候好就行了。"

另一人附和道："那是不错。"

"唉，可惜啊，机组也不是那么好伺候的。我就奇怪了，你说飞行员有什么了不起的，一个个特别有优越感，在我们面前转得不要不要的，一上飞机就要吃要喝，要东要西，吃个水果还要切，喝水要 37 度，我怎么知道是不是 37 度？"她说到这里，探身问穿着制服的汪先生，"你们公司呢？"

还没等汪先生回答，小空乘已经在探身的同时看到了汪先生袖子上的三道杠，随即吐了吐舌头，讪讪道："哦，你是飞行的啊？那没事了。"

是不是飞行员不只可以从制服上看出来。

那次和汪先生在外面吃饭，回去的时候载了两个人，一个男乘客坐前面，一个女乘客和我坐后面。

男乘客上车后单刀直入，张嘴就问汪先生："你是干什么的？"

汪先生一愣，开始打起了太极："您猜猜。"

男乘客说："你是飞行的吧？飞行员的手机尾号都是320、330、737、747什么的，你是飞行的，是不是？"男乘客连声追问。

原来是这个原因，汪先生稍稍松了一口气，并没有正面回答男乘客的问题，而是随口反问："您是干吗的？"

男乘客沉吟片刻，没有说话。

汪先生接着问："飞行的？"

男乘客点了点头："是。"

"哪个公司的？"

男乘客说了一个公司名字，我和汪先生都惊呆了，因为那就是汪先生的公司。

汪先生不动声色，继续问道："哪个机队？"

男乘客说："320。"

汪先生迟疑了一下："原来是同事啊！"

我和旁边的女乘客都笑喷了。

拜托，能不能少一点儿套路，多一点儿真诚。

汪先生和男乘客一下子打开了话匣子，相互交换着公司的八卦。

男乘客下车后，汪先生又把女乘客送到某个航空公司的驻地，路上随口问了她的情况，问她飞什么机型，平常飞哪儿。

女乘客说："我飞737，我们公司没有320。"

女乘客下车后，汪先生劫后余生般地拍着胸口："大喵大喵，好可怕，刚才还想着要不要撒个谎，说自己是另外一个航空公司的，还好没有说，原来那个公司根本没有320，差点儿就要被女乘客揭穿了！"

我狠狠地白了他一眼："你那个脑容量就不要玩儿'无间道'了。"人与人之间最基本的信任呢？

汪先生为了拉活儿，不是要协调时间就是要绕路，经常耽误了回家的时间，最后我忍无可忍，坚决要求他停止这项业务。

汪先生不听，还是不停地刷新手机，最后我用一句话解决了这个问题："汪先生，你能不能不要再背着我一车一车地拉女人。"

汪先生"扑哧"一声笑了出来，自此之后再也没有用过打车软件。

chapter 4

世界上最温柔的三个字

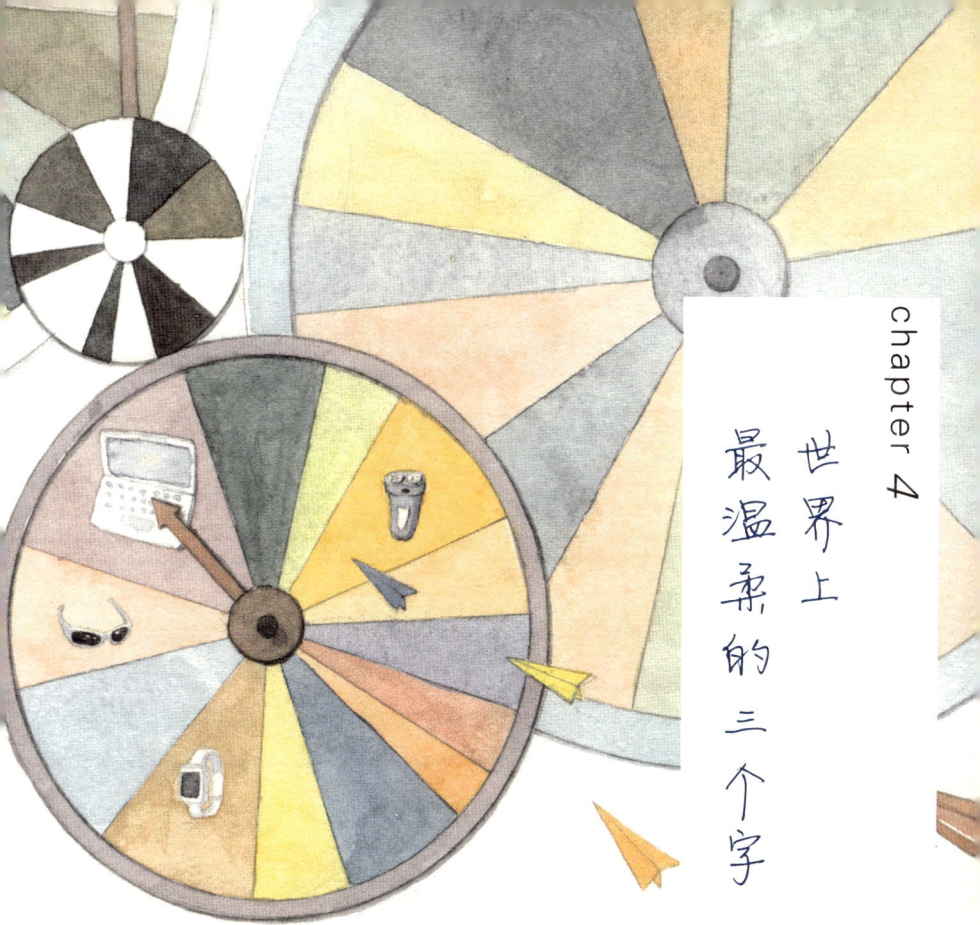

1

单身狗在快餐店吃饭时总要提防来自清洁人员的一万点伤害，如果你不提前打招呼，只要上个厕所的工夫，还没吃完的东西就会被人收走。

为了证明我不是单身狗，我特意带了 iPad 和汪先生视频。我在想要上厕所的时候对汪先生说："你帮我看着，别让人收走了。"

"啊？"汪先生愣了一下，十分委屈地说，"等你回来，别说是吃的，连我也没了。"

不管是九点起床、十点起床，还是十一点起床，只要我的手机开机不久就会接到汪先生的电话。

我一直觉得特别神奇，好像汪先生在暗中监视我一样。

我终于忍不住问出心中的疑惑："你怎么知道我开机了？"

汪先生咬牙切齿地说："因为我从起床后就一直在打！"

还有一次，我的手机数据线坏了，因为这个手机只用来和汪先生打电话，所以我拖了几天都没有管，其间只用微信和汪先生联系。

直到有一天我新买了数据线，才刚刚开机就接到了汪先生的电话。

我简直不敢相信，问他怎么知道我开机了，他说他只是随便一试。

我在欣喜之后又有些难过，他在这一次的"随便一试"之外，又收到过多少次"对方已关机"的回应？

感谢汪先生用自己的默默承受包容我无所顾忌的任性。

每当这时，我就会暗下决心，以后一定要对汪先生好一点儿。

当我第 N 次说出这句话的时候，汪先生不屑地勾了勾唇角，说："我不信，你就是说说而已。"

听他这么说，我立刻会对他展开"暴雨梨花喷"："你什么意思？我对你不好？你说说，我对你哪儿不好了？我少了你吃还是少了你穿？要不你再去找一个。"

"没有，没有。"汪先生马上求饶，"你对我很好，给我吃给我穿，从来不会骂我，连大声说话都不会。"

我：……

2

我在一个偶然的机会发现汪先生总是会等我挂掉电话后才挂电话，当时特别感动。

后来玩儿他的手机时才发现，原来是他的手机特别卡，屏幕也不灵敏，根本就挂不了！我为此大发雷霆。

汪先生无奈向我解释："我承认，我的手机特别卡也是一个原因，不过我本来也是要等你先挂电话的。"

我毫不客气地白了他一眼："行啦，你给别人打电话不也要等对方先挂？"

我的嘲笑最终换来了报应，因为我的手机也卡了，所以就出现了下面的对话。

我说："你挂吧。"

汪先生斩钉截铁地说："不，我说到做到，一定要等你先挂。"

我好言相劝："我挂不了，你先挂吧。"

汪先生依旧不为所动："不行。"

我终于忍无可忍："你皮痒了是吧。"

"哈哈哈……"

3

你的密码里藏着一个人吗？

认识汪先生后，我惊讶地发现，汪先生的密码里有我。

我说："你的密码里怎么会有我的生日？"

汪先生说："这是我随便想到的一个数字。"

这真是太不可思议了，图书馆里的一眼，竟然邂逅了难得一见的老乡，随便想的一个数字，竟然是日后女友的生日，难道真的是冥冥之中注定的缘分？

我一直沉浸在这种奇妙的巧合之中，直到一年后，汪先生才向我吐露实情。原来那个生日是他前女友的，不过她的是阴历，我的是阳历。

孽缘啊！

后来，汪先生在我的逼迫下把密码改了。

4

汪先生喝醉过两次。

他喝醉之后，话特别多，嘴特别碎，但是翻来覆去就那么两句话。

最近一次是因为公司聚餐。

他在电话里醉醺醺地说："大喵大喵，他们要我去打牌，我说不去，我没钱，我要留着钱给媳妇买车。我钱包呢？不行，我找找，哦，钱包在，身份证被收走了。手机呢？妈的，我手机呢？对对对，手机在手里拿着呢。大喵大喵，你知道吗，他们要我去打牌……"

后来我们买车了，他的同事看到后都说："这就是你给你媳妇买的车？"

汪先生总把"媳妇"挂在嘴上，对家人、朋友说这个是媳妇给他买的，那个是媳妇给他买的，其实根本不是，大多都是我挑的，或者只是看了一眼而已。

异地恋的时候，有高中时的女同学找汪先生聊天，问汪先生在干什么。

汪先生："和媳妇视频。"

女同学："你什么时候回 Y 市，我们聚一聚。"

汪先生："回去要和媳妇出去玩儿，没时间。"

女同学："你毕业了去哪儿啊？"

汪先生："找媳妇。"

反正就是不管女同学说什么，汪先生都离不开"媳妇"，后来女同学生气了，问汪先生："我们是不是连朋友都不能做了？"

对于这件事，刘总也曾向我大倒苦水。

那时候，汪先生刚从公司宿舍搬出来，精心布置家里的每处陈设，刘总帮忙的时候，汪先生就会絮絮叨叨地说："这是我媳妇送我的礼物，这是上次新疆带回来的甘草杏，你只能吃一个，我要留给我媳妇，你不能碰那个海苔，你可以吃这个旧海苔，新的要留给我媳妇。"

刘总嘴上说着知道了，一边看电视，一边吃甘草杏，等汪先生发现的时候，甘草杏已经被刘总吃了一半，气得汪先生直跳脚。

后来我们邀请刘总来吃焖面，他指着家里的陈设声情并茂地复述汪先生一遍又一遍对他说过的话，惹得我和汪先生哈哈大笑。

很快，刘总注意到墙上陈伟霆的照片，漫不经心地说："我也见过明星。"

"谁啊？"

"说出来你们别害怕。"

我和汪先生更好奇了，有什么明星是听上去让人害怕的。

刘总看了看左右，压低声音神秘兮兮地说出一个人的名字："冯远征。"

……

求飞行员的心理阴影面积。

5

我一直有一个奇怪的想法。

在过马路面对等红灯的车流时，在面对迎面而来的陌生人时，我要像在演唱会上的明星一样，亲切地挥手，对他们说"嗨"。

这个想法终于实践了一次。

在某大学的湖边，我像遇到熟人一样和不远处的两个男生打招呼，不过很快我又怂了，迅速转回头，问汪先生："他们什么反应？"

汪先生哭笑不得地叹了一口气，说："他们笑了。"然后他又收回目光，宠溺又无奈地看着我，"你怎么这么调皮，像我女儿。"

后来汪先生也被我感染了，每天站在窗边对着过往的火车招手，虽然车上的乘客并不能看到他。

火车通过时会响起汽笛声，汪先生说那是火车在对我说话，它说的是："喵——空空咔咔——空空咔咔。"

6

五一的时候，汪先生陪我去参加了高中同学的婚礼。

因为起得晚，一直没有吃东西。去的路上，汪先生雀跃地问我："大喵大喵，你要抢捧花吗？"

我饿得发昏，有气无力地说："抢什么捧花，我只想抢鸡腿。"

到达现场后，我惊讶地发现："我同学老公开的某某车诶。"

汪先生想也没想："你老公开的空客。"

这当然是玩笑话，因为车是同学老公的，空客却不是汪先生的。

其实那个车并没有多名贵，而是汪先生当初想买车时一眼看中的，只是后来因为钱的原因放弃了。

汪先生最终买了一辆"×航飞行部最烂的车"，注册 Uber 都不要的那种。如今在别人那里看到这款车，未免有点儿触景伤情。

其实现在已经好很多了，想想刚谈恋爱那会儿才真是穷啊，有时候逛得累了，就会去快餐店歇一歇。每当这个时候，汪先生都会给我买一杯饮料，然后给自己要一杯免费的开水。

如今想起来，我总是会笑他鸡贼，既省了钱，又收买了人心。

后来我们找到了一条"生财之道"。

汪先生需要一本教材，我说可以去附近的一个废品收购站看一看。

我们果然在那里发现了宝藏。

翻过一些乌黑肮脏的废弃塑料后，我们在里面一间屋子里发现了堆成山的各种书籍。里面不只有汪先生需要的教材，还有很多英语四六级、政治公共课、ICAO 考试资料，其中有相当一部分都是被宿管大爷大妈拉来卖的。

从那以后我们隔三岔五都会去垃圾山里翻一翻，再联系买家卖出去。

我们接触过一位飞行迷，费尽心力地为他凑齐了飞行专业的全套教材。

还接触过一位毕业多年的学长，他直言不讳找汪先生收书是为了给他供职的民营航校编写教材找资料。汪先生义正词严地拒绝了他，因为保护版权人人有责，虽然学校里的一些教材也是直接翻译国外的。

印象最深的是一位声音很甜的妹子，她十分羞涩地说书不是给她看的，她希望汪先生能把这本 ICAO 资料送到一位航校男生的手上。

还有一个买单词书的学弟，因为交货地点不好找而反复打了好几次电话，汪先生把书交到他手上时，郑重其事地说："你能不能等完全挂了电话再骂人。"

除了教材，我们还找到了一些有关航校的书籍、画册，只有分院才有而且是只租不卖的飞行学习资料，最激动人心的是找到了两本教练机的飞行手册，这些东西都被汪先生悉心收藏起来，成为他珍贵的财富。

也正因如此，他才会格外生气。

那日我们去了废品收购站后，看到地上散落着一堆飞行手册的硬壳，里面的纸张都已经被扯下，不见了踪影。汪先生疯了一样冲上去，不死心般一本一本地翻开看，可惜那些手册无一幸免，都已经失去了它们最初的也是最重要的身份。

或许在废品站的那些人眼里，这些东西只是一堆稍有点儿价值的垃圾，里面的卖废纸，外面的卖废塑料，在飞行迷的眼里却是价值连城的宝贝。

每每提起这件事，汪先生都会惋惜地叹息一声："如果那天能早一点儿去就好了。"

废品收购站大约是一家人在经营，老板沉稳大气，颇有几分放荡不羁，老板娘精于算计，在钱货上锱铢必较。有一个聋哑搬运工，他会站在大货车上把别人扔上来的纸片码放好，当他把纸片堆放到比车头还高出许多时，他会坐在上面休息一会儿，仿佛睥睨天下的国王一样点燃一根烟。印象最深的是还有一个十分帅气的小哥，他总是穿着航校俗称"大红袍"的运动服。

航校附近有很多村民都会这样穿，因为有大妈会把捡来的制服、被褥摆成个小摊卖，只有这个小哥看上去像航校的学生。

自从读了航校以后，我总是对我见到的所有人做推荐。

遇到不戴眼镜的男生，我会说，考飞行员吧，高中的就参加高考，大学的就参加大改，哪怕是大学毕业了，我也会问问是哪一年生的，只要没有超过年龄限制，我还是会说试试大毕改吧，说不定就上了。

遇到学霸，我会说报航校空管专业吧，出来当签派也不错，还可以有家属票。

遇到个子高的女生，我会说去试试空乘吧，薪水高，不飞了就去当空乘专业老师。

和他们这么说，是因为绝大部分人都不清楚当飞行员的渠道，没听说过空管专业，更不知道还有航校，可是废品收购站的小哥不一样，他就在距离航校不到 500 米的地方，还穿着航校空乘专业天天穿的"大红袍"，正因如此，这些话才久久萦绕在我嘴边，怎么也说不出口的。

印象中他的眼睛很亮，好像一汪池水闪耀着点点星光。面对我和汪先生频繁的造访，他总是会投来好奇的目光，终于有一天，他和汪先生有了短暂的交流，小哥问汪先生手里拿的是什么书，虽然那些书就是从他家的书山里翻出来的。

收购站的院子里有一张大桌子，一开始是有两个小孩子在写作业，不一会儿就换上了一大桌子的菜，在逐渐弥漫的夜色中点亮一盏暖黄色的灯，一家人围坐在一起，格外的温暖祥和。

大约总是和"废品"联系在一起，他们家的"生活品质"着实让人心惊，不过有着这样一份家业，条件总不会差。这边有大爷大妈用单车三轮拉来废品，那边又通过分拣后一卡车一卡车拉走纸片、塑料，其中的利润可想而知。

有时候想想自己也挺没意思的，总端着一副救世主的姿态，跟那些揣着劝失足女从良心思的男人没什么两样。

曾经有一位飞行专业的学生在飞了一段时间后自愿请求停飞，哪怕是要赔偿航空公司几十万的培训费，也态度坚决地转到了一个非常边缘的专业，很多人笑他傻。

子非鱼，焉知鱼之乐。

适合自己的才是最好的。

7

在婚礼上，我见到了几位高中同学，当初一别，多年不见，彼此之间客气又疏离。

很高兴见到高中时最要好的同学 Y，她对我有救"发"之恩，在我当年深陷"光头迷途"时，是她用广博的学识挽救了我。

当时正值高三，我突发奇想，想要剃个光头，然后在家闭关三个月，到高考时再重见天日。

Y 听了我的想法，十分不屑地翻了个白眼："你拉倒吧，三个月能长出个什么啊！"

我不甘心，坚持问她："能长多少？"

她想了想说："也就大柿子那个水平吧。"

吓得我赶紧放弃了这个念头。

当然，最让我感动的是，L 是在我因为分班事件被孤立后，唯一一个还在搭理我的人。

不过那时候临近高考，大家各自有学业要忙，有怨气也只是私下说说，所以我并没有什么特别难堪的感受。

真正让我惊奇的是，和几个同学提起分班事件时，大家竟然都表示已经不记得了。

更让我惊奇的是，同学们的感情经历也已经发生了戏剧性的变化。

当年一对人人艳羡的神仙眷侣已然劳燕分飞，另一对形同陌路的男女又出人意料地走到了一起。

同桌和H女生是男女朋友，每次上课，同桌都会调了座位，和H女生坐在最后一排你侬我侬。坐在他们前面的男生也不甘寂寞，拿个小镜子假装照啊照的，其实是在偷看后面两人的举动。情到深处，男生会情不自禁地感叹一句："我也想当男主角。"

很快，男生的小伎俩被同桌发现了，同桌一把抓着男生的衣领，恶言相向："你再敢照我就打死你！"

H女生常常说的一句话是"某某要养我一辈子"，那份举世无双的骄傲让人惊异又艳羡。可惜时过境迁，誓言还是变成了空谈。

另一对原是八竿子打不着的男女同学，至少在我们看来，两人没有任何交集，女生堪称女神，肤白貌美，成绩优异，身体素质也好，曾经打破了校400米短跑纪录，回来的时候由于体力不支，一群男生争着抢着要扶要抱。

男生就没什么印象了，反正就是坐在教室后面的大个子男生中的一个吧。印象最深的是，突然有一天，他扁着嘴和我们四人小组的其他人说："呜，生孩子好可怕，太疼了。"

我和另一个女生面面相觑，一脸莫名："关你什么事，又不用你生。"

话虽然这么说，另一个女生却在暗暗感慨："嫁给他一定很幸福吧。"

我们在饭桌上才知道，原来男生早已对女神暗生情愫，那天，他在办公室罚站，而女神来办公室领奖，也是在那时，他暗暗发誓要追上女神的脚步。皇天不负有心人，他终于在几年后抱得美人归。

除了班对，汪先生因为是飞行员也迅速成为大家的焦点，当然了，问的问题大多可以用一个段子里的话来回答。

"国内外都飞，没有固定航线，不一定在当地休息，坐飞机不会免费，不能买打折机票，休息期不固定，过年不放假，工资没有传言那么高……"

同桌随后接过话头："我有 500 小时的飞行经历。"

汪先生惊喜地问："是吗？你是哪个公司的？"

同桌顿了顿说："模拟飞行。"

8

我喜欢给汪先生讲我高中的事，总有聊不完的话题。

同桌是个大逗比，高中时周六要补课，恰巧旁边的小区在举办婚礼，大喇叭里放着歌，一首《今天我要嫁给你》后接了一首《好汉歌》。

刚才还在睡觉的同桌迷迷糊糊地揉了揉眼睛，朝外面看了一眼后，疑惑地问："这是要抢亲吗？"

有一段时间，班里来了位实习老师帮忙看自习，过了两天又不见了。

有同学问实习老师去哪儿了，老师说："嫌你们上自习太吵，回去考研究生了。"

同桌大声说："这很好嘛，少了一个实习老师，多了一个研究生。"

高中时整日都和同桌吵架，具体因为什么已经不记得了，只记得有一天上学时在校门口遇到了同桌，同桌也看到了我，他竟然破天荒地对我露出了一个笑模样。那一刻真是纠结啊，不回应吧，显得不礼貌，回应吧，万一不是和我打招呼岂不是太丢人了？思来想去，我只好微微挑起唇角，努力做出一个进可攻退可守的奇葩表情。

谁知道就那么一下，同桌忽然变了脸，对我大声呵斥："笑什么笑，谁冲你笑了？"

我立马反应过来，知道是自己自作多情了，不过没等我说什么，突然从我身后蹿出来一个男同学，他气势汹汹地扑向同桌，破口大骂："你说什么？我和你打招呼你还骂我？"他一边说着，一边把同桌揍了一顿。

本来还有些窘迫的我一下子笑喷了，然后急忙转身离开，深藏功与名。

每次想到这件事，我都会止不住地大笑，给汪先生讲的时候也是讲了一半就笑得不行，汪先生却没有什么反应。我以为是我没讲清楚，又一本正经地给他解释了一遍。

汪先生听完后叹了口气，伸手把我揽在怀里，脸上还是不见一丝笑容，他说："我明白你的意思，我只是觉得你受委屈了，有些心疼你。"

当然啦，我也不是省油的灯。

高一时去逛超市，我因为一个特别的赠品买了一个已经忘记的东西，那个东西特别到连收银员都问是什么东西。

赠品是汉堡包的样子，上面有刻度，可以扭，有时候还会响。当时觉得稀奇，所以特意把这个东西带到学校给朋友们看，很可惜，他们看后也没有说出个所以然。

后来上课了，我就把"汉堡包"收了起来。

谁知道快下课的时候，"汉堡包"突然响了，我吓了一跳，立马把手伸进抽屉，死死按住"汉堡包"。

我当时坐在最后一排，铃声响后，所有人都朝这个方向看过来，正在写板书的老师也停了手，回过头狐疑地看着我们。

我灵机一动，立即指着同桌说，"你干吗，你以为你自备下课铃就能下课吗？"

同学们哄堂大笑，同桌诧异地看了我一眼，接着一言不发地低下了头。

我长出一口气，庆幸这件事就这么过去了。

下课后，同桌恶狠狠地瞪着我："苗同学，你竟然专门买个定时器来陷害我。"

那时的我才恍然大悟，原来这个"汉堡包"是定时器！

汪先生并不知道这件事，因为我不想毁了我在他心中的美好形象。

9

汪先生也要去参加大学同学的婚礼了。

在对方的盛情邀约下，汪先生答应对方就算是请假也要去他所在的城市帮忙，没想到临近婚礼的时候，汪先生突然发烧咳嗽，吃了药也不见好，只好去大医院看了看。

医生立即让汪先生拍片化验，并说了一句话："不排除肺结核的可能。"

肺结核已经很可怕了，更别说是飞行员遇上了肺结核，即便是最乐观的情况也要停飞一年。

那时候正是汪先生升级的关键时期，就算最后确诊不是肺结核，这场病也会给汪先生的事业带来一些影响。

输液的时候，汪先生郁郁寡欢，甚至做出一副交代后事的样子："大喵大喵，要是我真得了肺结核，你就马上回家；大喵大喵，我还没有带你出去玩儿；大喵大喵，我的银行卡密码是……"

正在这时，汪先生的大学同学又发来信息，对他说一定要来自己的婚礼。

汪先生回复说因为生病，去不了了。

汪先生的同学很快回复："借口。"

本就已经有些万念俱灰的汪先生这下更是受到了一万点伤害，他拿起手机自拍了一张发过去。

这下有照片为证，就算对方不会为自己的行为道歉，也应该象征性地安慰两句吧，谁知道对方一个字也没有回复，就这么消失了。

想想也是有点心寒。

我问汪先生："还要随礼吗？"

汪先生想了想说："还是要吧。"

10

世界上最温柔的三个字是什么？

我想大概是"你吃吧"。

昨天在家里煮挂面，他放了一把面后，我连忙说："够了！"

汪先生义正词严地说："不够！煮这么多的结果就是你吃饱了，我还饿着。"

是的，不管有多少吃的，汪先生总是先让我吃，哪怕让自己饿着，不过他把这一切做得极其隐蔽，在相当长的一段时间里，我甚至都没有丝毫察觉。

直到有一次去超市买烤鸭，我说半只就够。

汪先生却固执地说："不够，要一只。"

我很不理解，上次的确是买了半只，两个人都吃得很饱。

汪先生这才说了实话，"是你吃饱了。"原来每次吃饭，他都会有意克制，一定要让我吃饱了。

我甚至一度以为他吃烤鸭是喜欢啃骨头的，后来才知道他只是为了把肉留给我。

正因为汪先生在大部分时间里都保持着克制，所以他偶尔的放肆才会让人格外地印象深刻。

那次我带回来他最爱的红油耳丝，汪先生在确定我不吃以后，对着塑料碗里的葱花、香菜、花生甚至红油大快朵颐，真是又好笑又可怜。

汪先生对自己的厨艺有着迷之自信，说他做的焖面好吃到停不下来。

汪先生："大喵大喵，你太幸福了，能吃到这么好吃的焖面。我要是你，我就嫁给我了。"

我还是那个想法："你可以少做一点儿。"

汪先生："根本不够吃好吗？这一锅我一个人都能吃完。"

"那你一个人吃吧。"

汪先生义正词严："吃就吃！"谁知道才吃到三分之一，他就摸着肚子对我哭，"大喵大喵，大喵大喵，你也吃点儿吧，求你了。"

11

汪先生第一次飞国际航线是名古屋。

出发前，我问汪先生："你要求给飞机加油的时候是不是可以说'干巴爹'？"

汪先生眼睛一亮，接着又暗了下去，有些为难地说："大喵大喵，此'加油'非'加油'吧？"

我这才反应过来，世界上很少有国家像中国这样把"给机器添加燃料"和"对别人的鼓励"等同起来。

汪先生飞航班的时候负责做机长广播，因为一时疏忽，把名古屋的英文名"Nagoya"说成了"Nayoga"。

回来时机组在候机楼的免税店里买了很多东西，汪先生问机长："为什么你媳妇要的东西花了两三千，我媳妇要的东西只花了两三百？"

机长意味深长地回答："等过几年你媳妇就要两三千了。"

后来，机长向汪先生推荐一款面膜："你可以给你媳妇买这个。"

汪先生斩钉截铁地说："不买。"

机长大为震惊："不是吧？你对你媳妇这么差，面膜都舍不得买。"

"那倒不是，她从来不用面膜。"汪先生说完，又补充了一句，"我上个月给她买了个 iPhone。"

"哦。"机长摸了摸鼻子，悻悻道，"那没事了。"

汪先生回来之前给我打了个电话，电话里的他特别兴奋："大喵大喵，我给你准备了礼物，你猜猜是什么？"

"Hello Kitty。"我十分平静地回答。在日本买的，又能让他这样谄媚，除了 Hello Kitty，也没有其他东西了。

"呃……"汪先生大概没想到我会一下子猜对，面子上又不想承认，只好撒娇似的说，"你再猜猜是什么东西。"

我面不改色，严肃地问："你就说是不是和 Hello Kitty 有关？"

"呃……"汪先生只能顾左右而言他，告诉我一会儿就回去。

汪先生回来后，并没有及时拿出礼物，而是一言不发地脱了外套、扯掉领带，继而一粒一粒地解扣子，就在我不明所以的时候，他又粗暴地解了皮带，把自己脱了个精光！

"你干什么？"

汪先生也不理我，拿出一个东西跑进浴室，打开淋浴，撑开一把伞，兴致勃勃地说："大喵大喵，大喵大喵，快看，遇水就有 Hello Kitty 的伞！"

我："哦。"

竟然不是要两个人躲在被窝里才能看的夜光手表。

12

其实汪先生会给我买 iPhone 还有一个原因。

有一次我们开车出去，一不小心走错了路，导航一直嚷嚷着让掉头。汪先生一开始没有管，想着导航会自己调整，谁知道它就是坚持自己的决定——掉头、掉头、掉头。

汪先生气得不行，对着空气大骂："你怎么这么倔强？"

他让我拿他的手机调整一下，我一没用过导航，二没用过 iPhone，根本不知道该怎么做。

汪先生有些着急了，一个劲儿地催我，埋怨我什么都干不成。

我委屈得不行，忍不住号啕大哭，最后赌气地说了一句："我又没有 iPhone！"

汪先生终于不说话了，只是默默地开着车，偶尔会在等红灯的间歇偷偷看我一眼，像个做错事的孩子，手足无措。

后来我们和好了，这件事也就没有再提。

没想到他一直记着这件事。

突然有一天，他把一个 iPhone 扔到我面前，态度极其嚣张："哼，以后别再跟我说你没有 iPhone！"

我就喜欢他用钱砸我的样子。

汪先生带我去 KTV，我唱了一会儿说好冷啊。

汪先生赶忙研究空调的种类，确认是中央空调后又找调温度的地方，鼓捣了一阵后兴冲冲地对我说："不冷了吧？"脸上还做出一副"快来夸我"的样子。

我好心提醒："其实你可以把外套给我。"

汪先生不明所以："可是我也冷啊。"

"呃……"这种人是怎么有女朋友的，最关键的是，这个女朋友还是我。

汪先生提议出去玩儿，从家里出发要坐很久很久的公交车。

一路上不断有人上上下下，汪先生对我说："大喵大喵，是不是晒到你了，我们坐前面。"

换了位子以后，汪先生又说："大喵大喵，现在又晒到我了，我们坐那边吧。"

又换了一次后，汪先生还是不满足："大喵大喵，人喵人喵，我们坐门口吧，下车方便。"

我终于受不了了，一脸冷漠地问他："汪先生，请问你是在下棋吗？"

13

和汪先生逛超市，他拉开冰箱门，我则在里面挑东西，他好像是想说什么，凑过来的同时一松手，冰箱门重重地砸在了我身上。

汪先生吓了一跳，连忙说："大喵大喵，对不起。"

我含着眼泪说："你打到我长翅膀的地方了。"

汪先生说："没事没事，我的翅膀还在，我可以带你飞。"

和汪先生在一起总是会碰撞出许多奇思妙想。

汪先生抱怨机组车越来越差劲儿，不是叫了半天不来，就是凑不够人不走。

我说可以让司机们抢单，谁抢上算谁的，拼单成功双方拿奖励。当时我们正在一辆顺风车上，司机听到我的话，突然开口："什么抢单？"

大哥，您也太敏感了吧？

我向汪先生抱怨学校越来越奇葩，竟然开始用微信查出勤，而且必须是在规定时间内规定 IP 范围内签到。

汪先生笑着说，可以用红包签到，应到多少人就发多少份红包，然后在课堂现场打出二维码，这样不只可以一眼看出谁来谁没来，还可以提高大家出勤的积极性。

"对了。"汪先生一本正经地补充，"没到的出红包钱。"

我："你真狠。"

14

我好像得了瞌睡病，让我早起比登天还难。考研的时候应该早起的，努力了两次都以失败告终，每天都从吃过午饭开始学习。

每次有出行任务时，汪先生总是比我还紧张，前一天晚上六点，汪先生便苦口婆心地劝我："大喵大喵，你该睡了。"

还记得和汪先生去爬峨眉山，我们在洗象池过夜，定好了第二天七点起床继续爬山。不知道从什么时候开始，汪先生就一直喊："大喵大喵，起床啦。"

我迷迷糊糊地回答："还没到七点。"

汪先生急得要死："还有五分钟就到了，快点儿。"过了一会儿又说，"已经到了，快起床。"

如此反复无数次，我终于被他吵醒，不得不起来洗脸刷牙。当我从卫生间出来后，竟然听到了手机闹铃声！

汪先生立刻对我笑道："我还不是为了让你准时起床。"

在家的时候，汪先生也会因为习惯早起而在七八点的时候自然醒。这个时候，他不是躺在床上看书，就是在准备网上准备航班，可是他绝对不会做一个安静的美男子，隔几分钟就会对我说一遍："大喵大喵，你想吃什么，我给你做。"

"不吃。"

"大喵大喵，大喵大喵，吃不吃油条，我去给你买。"

"不要。"

"大喵大喵，想不想吃方便面，加个肠再加个蛋。"

我终于忍无可忍，咬牙切齿地对他说："汪先生，有哑药吗？我想给你吃哑药。"

15

我们去某商场逛的时候发现那里的女装都偏成熟。

汪先生看着橱窗里的衣服说："等你老的时候，不不不。"他说到一半急忙更正，"等你年纪大一点儿的时候就可以来这里买衣服了。"

"什么？"我立刻学着小学生的样子跳起来，"你胡说，我怎么会老呢？我今年才十七岁，明年就可以去网吧了。"

"啊？"汪先生马上露出遗憾的表情，"那岂不是还要三年才能和你领证？"

因为身高差，汪先生不自觉地会把胳膊搭在我的肩上，我很反感他这样，每次都会佯装生气："快放下，你压得我不长个儿了。"

汪先生一脸惊奇："你还能长个儿？"

我立刻学着小学生的样子跳起来："当然啦，我今年才十七岁，明年就可以去网吧了，二十三还蹿一蹿呢。"

"好吧。"汪先生一面瞧着我，一面颇为无奈地笑。

16

又要去另一个遥远的城市上学了，汪先生十分不舍，抱着我絮絮叨叨："大喵大喵，你怎么可以这样？你怎么可以丢下我一个人？你要去多久，什么时候回来，你不会不回来了吧？你要记得想我。"

"好了，好了。"我安慰他，"虽然我也不知道什么时候能回来，但是一定会尽快。"

"那只能这样了。"汪先生抹了一把脸，面无表情地补充，"回来的时候买五十块钱的红油耳丝。"

我："前面都只是你的铺垫吧？这句话才是重点。"

回来之前，汪先生一直向我炫耀："大喵大喵，大喵大喵，我在韩国给你买了鱿鱼丝，一直没有舍得动，等你回来吃。"

回到家后，汪先生迫不及待地给我拆包装，从飘出来的味道上闻着并不像鱿鱼，更像是普通的鱼片丝，吃了一口发现没什么鱼味，比鱼片差远了。

我开始有点儿怀疑："这能吃吗？"

汪先生在某宝上并没有搜到这个东西，看英文是明太鱼丝，翻到包装背面时更是傻了眼："大喵大喵，大喵大喵，这个鱼丝是做汤用的，我买的时候怎么没有看到？"

我：……

回来后开始收拾狗窝一样的家，桌面上全是厚厚的尘土，很多东西都不在原来的地方，打开冰箱时我更是惊呆了："汪先生，你为什么要把'薯条三兄弟'放在冰箱里？"

汪先生有点儿委屈："大喵大喵，你是不知道啊，刘总每次来都要吃两包，吓得我赶紧把剩下的薯条藏在了冰箱里。"

我才从学校回来没多久，那边突然通知要搬寝室。

听到这个消息，我的内心是极度崩溃的，来回机票、打包东西、打扫卫生、新寝室残留的甲醛……种种问题让人很是崩溃。

汪先生倒是看得很开："大喵大喵，没关系，你就当回去玩儿一趟嘛，机票钱我出。"就在我对他流露出一点点的感动时，汪先生又认真地补充，"回来的时候带五十块钱的红油耳丝。"

我：……

chapter 5

飞行员也疯狂

1

刘总是汪先生最要好的朋友，也是汪先生在航校时的同学，回公司后的同事。

好到什么程度呢，我至今不会打领带，因为汪先生的领带都是刘总帮忙弄好的。

刘总姓刘，但不叫"总"，"刘总"是他还在航校时得来的诨号，这个"总"也不同于一般意义上的"总经理"，而是代指有民航特色的"总飞行师"。称呼刘总为总飞行师并不是对他的抬举，更多的是一种嘲讽。因为在众人眼中，刘总不只是个名副其实的吃货，还是个粉丝上万的网红，更是个骨骼清奇异于常人的"大奇葩"。

有一次，汪先生遇到了一位单眼皮机长。

单眼皮机长全程眯着眼睛，一副苦大仇深的样子，最后他实在忍不住了，神秘兮兮地问汪先生："你认不认识刘某某？"

说的正是刘总的名字。

"认识。"汪先生不明所以地点点头。

单眼皮机长情不自禁地压低了声音："他是不是有关系？"

汪先生一下子蒙了，苦思冥想了半天，终于憋出一句："据我所知，应该是没有。"

单眼皮机长换了个姿势，眉头皱得更深了："那他怎么会那么牛？"怀抱着一颗八卦心的汪先生赶忙问单眼皮机长是不是发生了什么。

单眼皮机长说，有一次他和刘总飞航班，明明已经过了登机时间还不见客人上来，他问了地面人员才知道，原来之前地面人员问驾驶舱是不是可以上客，刘总冷冷地回了一句："等一会儿。"地面人员以为是不上客的意思，就离开去做其他的工作了。

其实刘总只是想让地面人员等一下，他要问问机长的意思。

还有一次，调度室给刘总打电话，问他为什么没有在准备网上准备。

刘总条件反射般回了一句："不可能。"然后他就接到了领导的电话，说调度室投诉他知错不改，态度恶劣，刘总被骂了以后才反应过来，原来是自己记错了日期！

刘总并没有所谓的关系，为人也算还好，别人会对他产生误会完完全全是因为他习惯了用一副霸道总裁的口吻说话，不过更要命的是他还长了一张霸道总裁的脸。

2

刘总还在航校的时候就凭借空勤登机证实名认证了微博，从此走上了网红的不归路。

他不像其他民航网红那样变成了段子手，而是发自拍、发鸡汤、发"太阳出来了，你又在哪里"，竟也俘获了大批少女的心。

刘总的颜值特别高，他的照片还被某家婚恋交友网站盗去做广告，照片旁边写着"民航小飞，年薪三十万，希望认识有缘的你"，刘总很想找到那个人，问问他的三十万是怎么来的。

别看刘总在网上一副高冷男神的形象，现实中的他特别"蠢萌"——汪先生眼里的蠢，我眼里的萌。

在航校时，我们一起去散步，偶遇了刘总学生队的队长。队长是个大胖子，每天带着一个腰包和老婆在学校里遛弯儿，刘总信誓旦旦地说队长的腰包里装的全是吃的。

汪先生问："怎么，你闻到味儿了？你要抢？"

刘总从四级考场里出来，身心愉悦，他说坐在他前面的同学拥有非常好的答题习惯，喜欢把答案大大地写在题目旁边，他这次一定稳过。

汪先生惊奇地看着他："你不知道四级分 AB 卷吗？"

有一次汪先生正在给刘总打电话，刘总突然大叫一声："糟糕，我遇到电信诈骗了！不说了，挂啦！"原来是骗子盗了他同学的 QQ 号，骗刘总充了话费什么的，后来也不知道怎么样了。

他刚到北京时，受家人之托去某电子城买手机，妥妥地被坑了一笔，可怕的是直到今天他还以为是自己捡了便宜。

一天下午，刘总推开汪先生的宿舍门，哭丧着脸说："你有药吗？"

汪先生一看，吓了一跳，刘总俊俏的脸不见了，两个眼睛凸得像三星堆铜像。汪先生说："你这是过敏了，还乱吃药呢？"汪先生赶忙带刘总去了医院，这才转危为安。

刘总回家时想坐公司的飞机，领导说："坐飞机可以，但是坐飞机时要穿制服打领带。"

刘总想也没想就说："再见。"

有一段时间，领导突然宣布近期内不允许任何人请假，消息一出，大家都是一头雾水，又因为领导的火气而人心惶惶。

没过多久，大家终于知道了罪魁祸首，原来是刘总频繁请假让领导很是恼火，当领导问他这个月能不能不请假时，刘总说："不能，我要回家看爸爸妈妈。"

后来一个偶然的机会，领导抓了刘总发东西，那东西可有可无，大家在领的时候都不怎么积极，况且刘总也不是干这种活儿的人，巴不得找个机会撂挑子往外推，刚好有一个机长找刘总领东西，刘总说："要不你来发吧。"

结果机长东西也没要，转身就走了，可怕的是刘总一直到现在都没有明白发生了什么。

刘总第一次飞航班，特意找汪先生请教了一些问题。他事无巨细地问了很多，弄得汪先生特别无奈，汪先生说："你只是坐在后面看，不用管这么多。"

刘总不这么觉得，他理所当然地反问："万一机长飞错了怎么办？"

汪先生几乎吐血："你一个新人，还想指点指点机长？你咋不上天呢？"

刘总眨了眨眼睛，无比认真地说："明天上天。"

和汪先生不一样，刘总一直坚持做自己，在航校的高压政策下也没有被同化，依旧我行我素，放荡不羁。

体育课下课比较早，刘总和小伙伴们吊儿郎当地回教学楼上英语课。

教英语的外教正在给空乘上课，嫌刘总他们在走廊上声音太大，就出来呵斥了几句。

外教转身时，有人骂了一句 F 开头的脏话。

这下把外教惹怒了，外教将此事告到学生队，要求辅导员必须给他一个交代。辅导员苦口婆心地要人出来承认："因为学校可以没有你，但是不能没有外教。"

最后还是刘总想了个办法，他拉了一个人去找外教道歉，说我们当时是在对骂，没有骂您。

这件事就这样被机智的刘总摆平了。

刘总的机智无处不在。

他在篮球场遇到有人被打，他既没有上去拉架，也没有就这么离开，而是冲着人群大喊了一声："师傅！我来救你！"

打人的学生以为被打的是分院教员，马上收手，四散奔逃。

据汪先生在公司里遇到的航校学长们说，他们在的时候打架事件非常频繁，什么大改的和养成的打，飞行的和空保的打，学弟和学长打，没下分院的和分院回来的打，甚至还惊动过警察。

刘总也亲历了打架事件，好在后果并不严重，辅导员也以批评教育为主。

出乎意料的是辅导员竟然在开会的时候语出惊人，他说："下次要是再有这种事，你们就给我打！"

"好！"刘总率先高喊一声，带头鼓起掌来。

谁知辅导员却摆了摆手，示意大家安静下来，然后才慢条斯理地说："我是说，就给我打 110。"

我和汪先生在图书馆自习时曾经遇到过刘总。

他身高一米八，两条大长腿笔直修长，走起路来风度翩翩，就算是专心看书的人也会忍不住看上两眼。

刘总停在我们面前，仰了仰下颌，无比潇洒地和汪先生打了个招呼，顺手拿起桌子上的泡泡糖，说："我吃了？"

我和汪先生一下子吓呆了，惊诧又疑惑地交换了眼神，因为那个泡泡糖不是我们的，看样子像是小卖部找零钱时抵用的，又不知道被谁随手扔在了桌子上。

我和汪先生面面相觑，都不知道该怎么办。

还是汪先生率先反应过来，漫不经心地一挥手，说："嗯。"

然后刘总就拆了包装，津津有味地吃了起来。我和汪先生想笑又不敢笑，憋到内伤。刘总至今都不知道那块泡泡糖的"真相"。

刘总执飞航班的时候，有乘务组打进电话，说是有乘客发现引擎有异常声音，希望飞行员来看一下。

机长检查了仪表，并没有发现什么异常。他朝后面的刘总看了一眼，露出一个邪恶的笑容，意味深长地说："小伙子，我相信你能处理好。"

和 NPC 领了任务，刘总并没有急着去打怪，而是先去洗手间换了装备。他对着镜子抓了抓头发，又整理了领带和衬衣，自认为状态不错才走向客舱。

狭窄的通道就像聚光灯下的伸展台，他一路走一路接受着人们敬仰的目光。到达乘务员说的位置时，他先是听了一会儿，接着对那位乘客说："这是因为飞机襟翼位置改变影响了周围气流的走向，内涵道和导流叶轮向后传声才发出这种湍流宽频噪声，是正常现象，您可以放心。"

刘总说完，露出一个迷人的笑容："非常感谢您给我们提供这个情况，如果又发现问题的话可以随时联系我们，祝您旅途愉快。"

刘总说完，扬着下颌转身离开。

发动机的噪声没了，取而代之的是满客舱花开的声音。

后来和刘总说起这件事，他随手弹了一下烟灰，非常无所谓地笑了一下，淡淡道："那些话都是我编的。"

一直以来，喜欢刘总的女孩子都很多，吃饭、唱歌、礼尚往来也是常有的事，却没见刘总说过谁是他的女朋友。

有一次，汪先生在刘总家看到一个公司新进机型的模型，一问才知道是有人送给刘总的礼物。当时正有一个同公司的乘务员在追求刘总，刘总也提她提得最多，汪先生便打趣说："某某对你很上心嘛。"言下之意是想让他有个着落。

谁知道刘总眼皮也没抬："不是啊，这是高中同学送的。"

汪先生：……

3

汪先生有刘总，我则有桃子小姐。我和桃子小姐深厚的友谊来自手撕"渣男"。

骤然从高中升入大学，不管是男生还是女生都渴望在长期的情感压抑后谈一场轰轰烈烈的恋爱，有些人期盼着能与对方共度余生，有些人则只是期盼着弥补一下空虚的时光。

特别是一些飞行专业的男生，因为带着飞行员的光环，就好像真的在天上下不来了，对待感情格外草率。那种不放过任何一个撩妹机会，又不和任何人确定关系的"渣男"更是大有人在。

汪先生身边就有这样的人，下分院后为了联系当地的妹子，专门买了一个新手机和手机卡，这样一来，不仅可以方便他和妹子联系，更重要的是"走的时候可以不留麻烦"。可怜那些妹子，付出了百分百的感情，到头来却连"渣男"的真实姓名都不知道。

我和汪先生确定关系的时候，桃子小姐笑着说："我呀，总是有一颗老鸨心，看着你们一个一个的有了归宿，我就安心了。"别人看到她爽朗的笑，只有我能读懂她心底的泪，那段时间正是她最痛苦的时候。

她和"渣男"确定关系的时候我并不知道，只是突然有一天在楼道碰到她，她拿着一个小巧的密封盒，里面是去皮去籽、切割得整整齐齐的各色水果。

我惊呆了，反反复复向她确定这是别人给她的，还是她给别人的。桃子小姐迟疑片刻，红着脸告诉我这是给她男朋友的。

太可怕了！

桃子小姐是什么人，文能骂人三分钟不带重复，武能卸了对方浑身关节再安上，她现在竟然"洗手做羹汤"，精心准备了一盒水果。

后来，我见到了桃子小姐的男朋友，那个日后被我们称为"渣男"的男人。

"渣男"长得圆滚滚的，看上去极为憨厚，即便不是那种帅到惊心动魄的，也是那种让人讨厌不起来，愿意和他做朋友的。

"渣男"谈吐不俗，风趣幽默，向我们讲了他在服装厂打工的经历。

暑假的时候，他和几个同学去服装厂给内裤剪线头，一件几毛钱，一天下来累得胳膊都抬不起来。后来他们开了个会，决定去找厂长涨工资，意料之中地被厂长骂了一顿。厂长说，我就最不待见你们这些大学生，动不动就提条件。谈判谈崩了，他们一气之下提出了辞职，一分钱没拿到就算了，他同学还把钱包丢了。

他不仅表情丰富，模仿起各个角色也是惟妙惟肖，当他说出"钱包丢了"四个字时，在场的人都笑得不行了。

"渣男"举手投足极有派头，给人一种人脉很广的感觉，张口就是"我亲戚""我朋友"。讲内幕、讲段子、讲经历，不管什么领域都能说上两句，最关键的是他还总能在三言两句中有意无意地透露出自己的家世地位，让人在潜移默化中对他心生仰慕。这种充满自信的人在学生群体中是比较难得的。

班里也有人追过桃子小姐，他以送情书作为开始，因为他连当面和桃子小姐说话都不敢。圣诞节流行送苹果，他偷偷溜进女生寝室，敲了桃子小姐的门后，扔下苹果转身就跑，吓得桃子小姐还以为自己无意中得罪了人，有人雇人朝她扔屎呢！

和他聊天更是心累，因为他很少说话，总是要桃子小姐想话题，这样一来不免围绕着女生的生活来，他除了像个捧哏的一样说着"嗯、啊、哦、是吗、哈哈哈"之外就是沉默。

后来他终于有了进一步的行动，计划约桃子小姐和一帮男女同学去一个景区游玩儿。那一天，桃子小姐和室友同时收到了那个男生的邀约短信。他对桃子小姐说，A女生、B女生、C女生都会去；对A女生说，桃子小姐、B女生、C女生都会去，以此类推。

桃子小姐感觉自己的智商受到了侮辱。

那个时候，桃子小姐已经开始有意疏远他，回短信时委婉地拒绝说："再看吧。"

谁知道在星期六早七点，她竟然接到一个男同学催促她的电话："桃子，你在哪儿？我们都在楼下等你！"

桃子小姐蒙了，原来那个男生把她的"再看吧"三个字，自动解读为"我会去"。最要命的是，这样一来，其他同学只会认为是桃子小姐不守信用，明明答应了的事却临时爽约，桃子小姐差点儿没气死。

虽然此男"撩妹力"为负 Max，但是他的这点心思还是透露出一点儿才智的。他最终也不负众望，毕业后去了一家知名电商做营销，也算是"学以致用"。后来，他还真混出了一些名堂，升职加薪不说，还迎娶了白富美，成就了一段传奇佳话。

前段时间，他听说我在找实习，非常热心地找上门，问我想去哪家单位，凭他的人脉都是一句话的事儿。

我不由得露出了星星眼，俗话说在家靠父母，出门靠朋友，有老同学愿意帮衬真是求之不得，我立马回复说："国务院。"

然后他就不说话了，弄得我异常尴尬。

在这样鲜明的对比下，"渣男"简直是男神一般的存在。其实"渣男"对桃子小姐并不算特别好，有时候更可以称之为冷淡。

那天，桃子小姐拿着一盒水果去找"渣男"，"渣男"一会儿说在上课，一会儿说要和同学聚餐，不仅态度敷衍还前后矛盾，白白让桃子小姐拿着东西辗转于几个地方又等了好久。

没过几天，"渣男"带着桃子小姐和几个朋友去唱歌，桃子小姐因为身体不舒服想回去，"渣男"显然有点儿不高兴，仿佛是嫌弃桃子小姐事多又不给自己面子，劝了半天没办法，只好冷漠地对桃子小姐说："你自己回去吧。"

在那个下着小雨、骤然降温的夜里，桃子小姐在接近午夜的时候一个人打车回了学校。

或许越是这样，那些稍纵即逝的温柔才会让人念念不忘，不然怎么会有斯德哥尔摩综合征呢？

第二天，"渣男"对桃子小姐嘘寒问暖，说昨天晚上他很想送桃子小姐回去，只是大家一直在起哄，让他感觉很为难。事实上，他在她走后没多久就借口上洗手间出去找她，只是她已经走了。

"渣男"的态度极为真诚，在桃子小姐生气说分手时，更是不由得声泪俱下，不能不让人为之动容。

桃子小姐很快原谅了他。

还有一次，"渣男"陪桃子小姐去影楼拍照，换鞋的时候，"渣男"不只让桃子小姐安安心心坐着别动，还亲自跪在地上给她穿鞋。

后来又因为乱收费的问题和影楼有了一点儿摩擦，"渣男"和工作人员交涉时霸气十足，他拉过一把椅子坐下，随手一点，让工作人员把经理叫出来，说罢又回头对桃子小姐说："愣着干什么？找地方坐。"在桃子小姐眼里天大的事情，在"渣男"那里不过三言两语便顺利解决了。

对于"渣男"，桃子小姐是很矛盾的，一边会在"渣男"态度冷淡的时候有所怀疑，一边又会在"渣男"温柔如水的时候有所留恋，最终，她将"渣男"的反复无常归咎于自己不够体贴，所以竭尽所能忍下所有怨气，想尽办法给予"渣男"足够的温暖。直到有 件事发生后，桃子小姐才彻底看透"渣男"的本质。

有一天，桃子小姐和"渣男"走在路上，马路对面突然传来一声大吼："×××。"——是"渣男"的名字。

"渣男"说那是他的室友。

当时的桃子小姐只觉得他这个室友格外奇怪，喊名字也就算了，怎么在语气中还透着凶狠呢？

后来才知道，原来"渣男"是有女朋友的，是他的高中同学，大学后两人一直异地。他的室友正是因为知道这个情况才故意喊了这么一嗓子以示警告。

"渣男"的女朋友从"渣男"的QQ空间顺藤摸瓜找到了桃子小姐，不由分说地便把她骂了个狗血淋头，桃子小姐这才知道自己被"小三儿"了。

　　其实说起来也是可怜，"渣男"的女朋友和"渣男"算得上是青梅竹马，上大学之前，"渣男"的女朋友以异地为由要求分手，最后是"渣男"跪在地上求她才让她回心转意的。

　　"渣男"常常对她说，在航校，有女生多么多么喜欢他，无时无刻不缠着他，又是约他出去玩儿，又是给他买礼物，但是他的心里只有她，对于其他女生的爱意完全不予理睬。

　　正因如此，"渣男"的女朋友才会这么讨厌桃子小姐，因为她觉得是桃子小姐在勾引"渣男"。

　　桃子小姐终于明白了，难怪"渣男"从来不会在社交媒体上秀恩爱，难怪"渣男"有时候会联系不上，联系上了又会情不自禁地支支吾吾。

　　"渣男"的女朋友还对桃子小姐说，"渣男"是不会娶她的，因为他妈妈不会同意"渣男"娶个外地人。

　　桃子小姐默默打下一行字回了过去："可是他和我说他妈在他高考前意外去世了，他虽然很伤心，还是坚持参加高考，并且取得了优异的成绩。"

　　"渣男"的女朋友：……

　　一直到现在，"渣男"的妈妈到底是死是活还是一个历史之谜。

　　其实"渣男"根本没有断了找女朋友的念头，他一直伪装单身，频繁在现实和网络中认识女生，或者只是聊聊天，或者会一起吃饭、唱歌，对于桃子小姐则是确定了关系。更可怕的是，"渣男"在和桃子小姐交往的这段时间里，依旧在社交软件上和其他姑娘聊得热火朝天。

很奇怪，得知真相的桃子小姐并没有伤心，她甚至有些庆幸，因为这个消息无异于为即将溺亡的桃子小姐带来一根救命稻草，现在她终于有了一个扎实的理由，可以让她毫不留恋地离开这个曾经让她伤心无数的"渣男"。

不过，这件事也不能就这么算了。

不要说桃子小姐投入了那么多感情，只说在吃饭、出游、买礼物上，桃子小姐也投入了不少金钱，她倒是不奢望"渣男"会还钱，但是一定要出了这口气。

终于有一天，我和桃子小姐把"渣男"堵在教学楼门口，劈头盖脸地把他骂了一顿。

"渣男"不愧是久经沙场，或许早料到会有这么一天，他不仅面不改色，还深情款款地对桃子小姐说："虽然你这么恨我，但是不管我以后娶了谁，要跟谁过一辈子，我这一生最爱的还是你。"

正在我有了些许犹豫的时候，桃子小姐已然破口大骂："呸，我谢谢你八辈祖宗！"

"渣男"依旧含情脉脉，他重重地叹了一口气，好像他才是那个身受重伤的人，抱怨着桃子小姐的冷漠无情："就算我和其他女生聊天，那也是她们先找我的，我不理总是不太礼貌吧，再说了，我和她们什么都没有发生。至于我那个女朋友，其实我根本不喜欢她，我没有和她分手只是因为她舅舅是航空公司的领导，桃子，我最爱的是你。"

桃子小姐冷哼一声，她拿出手机在"渣男"面前晃了晃："你刚才说的话我都录音了，要不发给你女朋友，要不曝光到网上，你选一个吧。"

"渣男"终于不再是那个油腔滑调又刀枪不入的渣男了,他先是不敢相信,接着开始慌张,甚至连说话都有些结巴。

他骂了一串脏话,几乎失控般大吼:"我就是渣男怎么了?还不是你眼瞎!我不就和其他女生聊个天吗,又没有真发生什么,你至于这么小心眼儿吗?你也不看看你自己,要长相没长相,要身材没身材,比那些空乘差远了!你还敢在这儿威胁我,信不信我找人把你们踩死!"

虽然他说的话很难听,不过我和桃子小姐都知道,他现在喊得越大声,越是代表他心底有着无限的恐惧。

看到曾经不可一世的"渣男"会这样惶恐,我和桃子小姐终于好受了一点儿,特别是在他说出"踩死"两个字的时候,我们差点儿没笑出来。

桃子小姐让"渣男"仔细看一看她的手机,原来她的手机自始至终都是在关机的状态,也就是说她根本没有录音。

这大大出乎了我的意料,桃子小姐竟然没有严格按照我们的计划执行!

回去的路上,桃子小姐说:"你看过周星驰的《功夫》吗?面对一个一而再再而三想置自己于死地的敌人,周星驰不但放了他一马,在对方问他这是什么武功时,他竟然说:'想学啊?我教你。'"桃子小姐说她不需要"渣男"恨她,她只要"渣男"怕她,想起来就怕。

我想,这才是我认识的桃子小姐。

提起这段失败的感情,桃子小姐说这件事从一开始就是一个错误:"你知道杜十娘为什么是个悲剧吗,因为她是在妓院认识的李甲,就和我在××(某社交软件)上认识'渣男'一样的。"

桃子小姐不仅从气度上压倒了"渣男"，让"渣男"知道自己对于桃子小姐来说是多么微不足道，还从实际行动上给了"渣男"一个响亮的耳光。

突然有一天，桃子小姐给我打电话，问汪先生在哪儿，接着又问刘总在干什么，她要借刘总用一用。

"怎么用？用哪个部位？"我不怀好意地问。

桃子小姐神秘一笑："绝对是你想不到的用法。"

桃子小姐见到刘总时格外满意，因为刘总刚好穿着飞行制服。

刘总是什么人，他可是日后被航空公司选去拍广告的人，就算把麻袋套在他身上都足以颠倒众生。

桃子小姐终于说出了自己的意图，原来"渣男"就在运动场里，她想让刘总和自己假装情侣在"渣男"面前走一趟。

桃子小姐抬了抬胳膊，示意刘总："挎上。"刘总怔了怔，伸出胳膊勾上桃子小姐的胳膊。

桃子小姐一脸黑线，不悦地撇撇嘴："反了。"

两个人又开始重新调整，可惜比画了半天也没找到最自然的姿态。不管是刘总还是桃子小姐都显得格外僵硬，两个人的胳膊套在一起像极了警卫员组成的钢铁长城一样慷慨激昂。

最后还是桃子小姐叹了口气，把包交给刘总，说："算了，你还是帮我拎包吧。"

刘总什么时候给女人拎过包，更别说是一个画着卡通图案的粉色包。刘总不情不愿地接过来，顺手把包甩过肩头，吊儿郎当地在桃子小姐旁边走着。

不知道"渣男"有没有看到他们，又会不会把刘总当作桃子小姐的新男友，总之经过这一次后，桃子小姐的心里总算是舒服了一点儿，她终于可以把这件事彻底放下了。

刘总也不是真傻，走出运动场时已经从各种蛛丝马迹里拼凑出了真相，他对桃子小姐不屑地冷哼，把包扔给她的同时丢下两个字："幼稚。"

桃子小姐没理他，只是呆呆地盯着自己的脚尖，不知道在想些什么，大约连她自己都觉得幼稚吧。

谁知道过了一会儿后，刘总又不咸不淡地补充说："还不如狠狠地打他一顿，你什么时候想打他了直接找我。"

刘总说得那样冷漠，又让人觉得那样温暖。

还有一件事特别有意思。

一次偶然机会我认识了一位老乡，他在学生会任职，恰好和我们的同班同学 C 熟识。C 是桃子小姐的室友，后来搬出去住了。

从他口中我们得知，C 说自己之所以会搬出去是因为桃子小姐联合其他室友排挤她。

我一下子火冒三丈，这话是从何说起，她们作息不一样，活动范围不一样，只是交流得比较少，绝对不到排挤的程度，大家后来还一起聚餐逛街，怎么在别人那里反倒把自己说成了一朵白莲花。

我气得不行，觉得 C 搬弄是非，颠倒黑白，在旁人那里诋毁桃子小姐，虽然老乡并不知道 C 口中的室友就坐在他的对面。

等老乡反应过来的时候一脸惊恐，连连解释说："C 就随口一说，我也不是那个意思。"

桃子小姐也劝我算了，大家抬头不见低头见，心里知道就行了。大概也只能这样了，我重重地叹了口气，抬头时正看到路过的 C。

C 也看到了我们，还有她在学生会的同事，也就是我的老乡，那一刻，她明显愣了一下，接着露出一个十分僵硬的笑容。她大概万万没想到，自己的学生会同事怎么会和我们同时出现在一个画框里。

真是太尴尬了！

毕业后，桃子小姐去了航空公司做地勤，实习的时候领着微不足道的补贴，穿着两百块钱买的西装、皮鞋，一站就是八小时。

那时候的她真是辛苦，因为工作地点离食堂较远，有时候担心来不及就会放弃吃饭，好不容易拿到了薪水，付了房租后又不剩什么了。

突然有一天，桃子小姐告诉我，她成功通过公司的地升空考核，以后就是乘务员了。这是我怎么都没想到的，当初她参加过一些空乘招聘，有时候连初审都过不了，如今她终于如愿以偿，完成了曾经的梦想。

我由衷地感叹："你真了不起。"

在大多数人的认知里，乘务员和服务员没什么两样，无非是迎来送往，端茶倒水。抛开什么乘务员还学习了各种应急技能，担负着保障旅客安全的责任，要在出事时最后走等这种普通旅客很难感受到的东西不谈，单就乘务员极其悬殊的报录比而言，凡是能走到最后的人都值得敬佩。

谁知道桃子小姐竟然意味深长地说："我没什么了不起的，其实很多地勤妹子都可以，只是并不是每个人都能得到这个消息。"

我忍不住打了个冷战，是啊，若不是自己上心，有多少机会就这么悄悄溜走了都不知道。在航校的时候，会有很多航空公司来招空乘，可是作为其他专业的学生，桃子小姐连招聘的消息都得不到，更别说放她进去面试了。

或许有手眼通天的门路，或许有来自高人的指点，或许自己足够上心——信息，才是成功路上最宝贵的资源。

桃子小姐是个有心人，她为这一天也做了很多努力，就像那句话说的，机会总是留给有准备的人。

有一次，她无意中透露自己刚上课回来，我还以为是公司培训，她却解释说："不是，我报了英语班。"

我觉得不可思议："你不是过六级了吗？"

桃子小姐淡淡道："在学雅思。"

真的，如果有一天桃子小姐说她学会了开飞机我都不会意外，因为毕竟开飞机才是她真正的梦想，只是这个岗位留给女生的机会太少太少了，只有某些公司在某些年份会给某些省份几个名额。

前不久，桃子小姐度过了她终生难忘的一天。那天，有飞行员要去洗手间，因为驾驶舱不能只留一个人，所以把桃子小姐叫了进去。她说当她坐在副驾驶的位子戴上耳机望向窗外波澜壮阔的大好河山时，她终于真切地感受到她所付出的所有努力、忍受的所有委屈都是值得的。

感谢那个不服输的自己，让我们遇到更好的风景。

4

汪先生开货机的那个同学家里很穷，穷到什么程度呢，按他的话说就是上大学那年家里才通上电。

我们自然不信，本能地以为这是他自嘲的话，就像山西的同学说家里在挖煤，内蒙古的同学说上学要骑马，云南的同学说院子里养孔雀一样。直到他一本正经地说是真的，我们才佯装信了的样子。

他说他家住在山里，天还没亮就要翻过好几座山去上学，他走在漆黑的山里会害怕，所以会大声唱歌。

他说他第一天到航校时，室友的妈妈在得知他的家境后，情不自禁地赞叹："哎呀，土鸡变凤凰了。"

他为了减轻家里的负担，发过传单，送过外卖，因为飞行专业平日里都要穿飞行制服，他站在当中显得格外扎眼，好在一切都过去了。

说起当初为什么会参加招飞，他还有着无限感慨。

他所在的地方非常闭塞，没人知道招飞要经过怎样的流程，将来又会怎样，只知道飞行员的选拔极其严苛，对于普通人来说无异于痴心妄想。

当时的他不过是听到广播里念了一条领取报名表的通知，他在心里有这个想法却又有着顾虑——体检是要去省会的，一边要耽误高三宝贵的时间，一边又要花费不少金钱。

班主任得知他的想法后，劝他安心读书，说飞行员是留给少数人的，上一届也有人去了，最后一个都没有通过。后来，他还是下决心要试一试，过程也算得上艰辛，却还是跌跌撞撞地走到了最后。

被航校录取后，他的名字被做成横幅挂在高中的大门上，他的班主任逢人便说："这么多年全县唯一一个飞行员是我教出来的。"

有想法就要去试一试，万一实现了呢？

5

我和汪先生是想把桃子小姐和刘总撮合到一起的，几次聚会后，桃子小姐十分认真地对我说："刘总是个好人。"

我一听就知道没戏了，她接着说："我实在受不了他自以为是的那副模样，总觉得自己帅翻天，其实也就那么回事，自恋狂。"

回去后，我和汪先生和平友好地交换了意见，把桃子小姐的评价告诉了汪先生，没过多久，汪先生便对我说："刘总觉得桃子小姐人不错，愿意和她做朋友，但不适合做女友。"

后来我又把这话和桃子小姐说了，桃子小姐不屑地"哼"了一声，接着又意识到了什么，咬牙切齿地对我说："哦，我知道了，你是不是把我的话也传到刘总耳朵里了，你个大嘴巴。"

"呃……"

为了避免尴尬，这件事谁都没有再提，大家彼此之间心照不宣，即便有来有往，却也刻意保持着一定的距离。

不久之后，公司里来了女飞行员，妹子刚上班时就对着刘总"师兄、师兄"地叫个不停，缠着他给自己讲课，汪先生唇角含笑地在一边看着，顺手拍了一张两人亲密无间的照片发给我。

我把照片拿给桃子小姐看，桃子小姐心不在焉地瞥了一眼，什么都没有说。正是这一眼，让我突然想起了什么，接着默不作声地把照片删掉了。

chapter 6

花开的季节

1

汪先生的内心戏特别多。

他在看电视的时候会突然开始叨叨，好像是在和电视里的人辩论："谁把你身体掏空的？你怎么每天都会被掏空？被掏空了还到处说？"

他在开车的时候会和导航吵架："你怎么不说话了？右转什么右转，明明是一堵墙，你告诉我怎么右转？"

回家后，汪先生会和我讲一天的见闻，每次都会在故事结尾加上一两句内心戏。

他说那天去机场生活区的一家在×市很有名的店买红油耳丝，他不相信这家店是正版的，质问店主和X市的店是不是一家。

店主说得毫不含糊："是一家。"

汪先生说："骗子，我才不相信。"

汪先生在日本逛免税店，看到店里在卖一些当地的美食，便问导购："这个好吃吗？"

导购说："好吃。"

汪先生又指着另外一个问："这个好吃吗？"

导购说："好吃。"

汪先生说："骗子，我不相信你啦！什么都说好吃。"

汪先生上班时见到了久未谋面的同学，对方拉着他热情地说："你胖了。"

汪先生说："你才胖了，你全家都胖了！"

时间长了我就会故意逗他，明知故问似的问汪先生："你在和谁说话？""你真的说最后一句了？"

每当这个时候汪先生就会瞪我一眼，接着用低八度的声音说："和电视里的人说。""当然没说最后一句，在心里说的。"

除此以外，汪先生在讲故事的时候还会带一些Y市口音，他在复述完某人的话时，我都会兴致勃勃地反问他："某某也是Y市的？"然后毫无意外地会换来汪先生的白眼。

这个男人真是太可爱了。

我问汪先生："你开飞机的时候也这么絮絮叨叨的？"

"当然没有。"汪先生不耐烦地说，过了一会儿，他又十分傲娇地看了我一眼，补充道，"我只在你面前这样。"

男人就像是一只刺猬，留给世界一个坚强的外壳，留给心爱的人一个柔软的肚皮。

2

汪先生的公司提供了在微信上查航班的功能，突然有一天，汪先生没有权限了。

他洋洋洒洒写了一封请愿书，内容包括我是某某、隶属于哪个部门、微信查航班的优点、对我的重要意义等，算得上一篇非常标准的——小学生作文。

汪先生在发送之前还声情并茂地向我朗读了一遍，我对此大为不解："谁知道微信后台有没有人看，你和一个机器人说这么多干什么？"

汪先生不信，认真的样子现在想来也是很萌的。

还记得他在公司培训时，培训老师说飞行员的圈子简单，人也单纯，我当时还有些嗤之以鼻，现在看来也不无道理，如果有一天告诉他 ATM 机里坐着银行柜员，说不定他都会信。

他把请愿书发了出去，几天的时间过去了，果然没有人理他，最后不得不去公司和领导反映了这件事才得到解决。

后来我总是拿这件事嘲笑他。

在自动售货机买饮料时催汪先生快点儿付钱："还剩三十秒啦，坐在里面的人快要生气啦，会跑出来打你哦！"

在商场里的微信照片打印机打照片时劝汪先生挑个丑照："太帅的会让里面的人嫉妒，故意给你打印得很丑。"

吃藕的时候神秘兮兮地对他说："我找了个兼职，给藕打眼儿。"

终于有一天，汪先生笑着摸摸我的头："你怎么这么好骗，我只是装蠢卖萌逗你高兴而已，你真以为我不知道？"

我很想问一句，汪先生，脸呢？

3

和汪先生去逛街，我们在地铁里看到一个维持秩序的小哥一脸"生无可恋"的样子。

我看了以后颇为感慨，想着长时间做着一份枯燥乏味的工作，大抵都是这个样子。我很快想到汪先生，转头问他："你开飞机的时候也这样吗？"

汪先生想了想说："我开飞机的时候是这样。"汪先生瞪人眼睛直视前方。

我被他滑稽的样子逗笑了，接着问他："机长呢？"

他说："机长是这样。"他嘴角向左歪，一副悠闲大爷的模样。机长总骂他："你能不能不要死死盯着仪表，放轻松一点儿，飞机都要被你盯坏啦！"

我们从上面下到地铁站台，刚好有一辆车即将出发，门还开着，但是响起了"嘀嘀"的声音。

汪先生说："大喵大喵，快进去啊！"

我跑了两步却停在门口，脑中闪过无数被门夹的惨案，惊恐地说："我不敢。"

汪先生停在我身侧说："嘿嘿，我也不敢。"

"嘀嘀"声结束，车上的人像看傻子一样注视着我们，然后眼睁睁地等着车门关上开走了。

4

汪先生是喜欢埋怨我的。

室友说她误机了。

那天，她和男朋友去了机场，因为时间还早就在快餐店里喝东西。男朋友时不时地提醒她去值机，她总是说时间还早，后来反应过来去值机时已经停止办票了。她说自始至终，她男朋友都没有说过一句抱怨的话，只是默默开始联系航空公司改签，联系过夜的酒店。

我听后羡慕不已，如果这事发生在我身上，汪先生一定会骂死我的。

记得有一次做焖面，最后出锅前，汪先生让我看着锅，谁知道我不过出去和汪先生说了两句话的工夫，厨房里就传来了煳味儿。汪先生一下子暴跳如雷，一边收拾残局，一边劈头盖脸把我骂了一顿。

后来我终于忍无可忍，在汪先生又一次因为我不小心做错事情骂我时，我义正词严地对他说："汪先生，事情变成这样我也不想，我已经很难过了，你能不能给我出主意，而不是一个劲儿地埋怨我。"

汪先生语塞，又想教育我，又不忍心伤害我，最后只能摆出一脸恨铁不成钢的样子，咽下了所有冲口欲出的话，默默收拾东西去公司开会了。

他在路上给我发了道歉的消息，我统统没有理会。

他回来的时候，我正好在厨房，听到他喊"大喵大喵，大喵大喵"，我故意躲起来没有出声。

汪先生为了找到我，先是在屋子里找了一圈，又急急忙忙推开洗手间的门，甚至还去掀床上的被子，看他慌不择路的样子，我是很想笑的，可是看到、想到他内心的失落与焦急又有些于心不忍，只好不情不愿地说了一句："我在这儿呢。"

汪先生终于看到我了，几步过来紧紧地把我抱在怀里，有些委屈地说："大喵大喵，我以为你丢下我走了。"

那一刻，所有的气都没有了。

自此以后，汪先生收敛了很多，也心平气和了很多。

真正让我意识汪先生的变化是在这之后不久，我回去上学时，一个不小心让电脑进水了。

那天正在写稿子，电脑突然蓝屏，重启之后好了一下，不多一会儿就彻底开不了机了。我想把电脑拿起来检查一下，这才发现电脑下面全是水！原来刚才不小心把水杯碰翻后，虽然很快处理了桌子上的水，但是还是有一部分水流到电脑下面，并且从通风口流进了硬盘！

硬盘坏了意味着什么？

电脑里的稿子我倒不心疼，因为其中的绝大多数都会在发邮件时自动保存一份，可是照片是没有的。

意识到这一情况后，我心如刀绞，想到和汪先生离开航校时所拍的那些照片就难过的不行。

事情发生后，我一直努力地克制着自己，明明难过得要死，和汪先生打电话时还要摆出一副元气满满的样子。

因为我完全能想到把这件事和汪先生说了后他会是什么反应，他一定会凶巴巴地埋怨我，说我为什么那么不小心，说我为什么不把资料备份。

没想到第二天打电话时，汪先生却突然在电话里问我："你买硬盘干什么？"

糟糕，两人共用一个电商号的恶果来了。

"我帮室友买的！"我抵死不认。

"撒谎。"汪先生说。

我不得不向他坦白，并且准备承受一切可能的后果，没想到汪先生在听完后只是淡淡地叹了一口气，说："你会装硬盘吗？"

"会。"我简直不敢相信电话里的那个人就是我认识的汪先生，不由得小心翼翼地问，"你不怪我？"

汪先生轻哼一声，慢条斯理地说："如果一个硬盘可以让你认识到给杯子盖盖子的重要性，也是值得的。"

"呃……"

汪先生总是不厌其烦地要我给杯子盖盖子，之前是说要防尘，现在好了，又多了一个理由——防止水洒出来。

汪先生又问："稿子还在吗？"

"邮箱里有。"

他似乎是松了一口气："那就好。"

我怯怯地说："就是毕业时候的照片没有了。"

汪先生好像并不怎么在意："又不是人没了，只要你想，照片随时可以去拍。"

我没想到他会这么说，那一刻，我的心里涌上一阵内疚，随后又被感动填满，我会感动不是因为汪先生没有埋怨我，而是因为我的汪先生真的因为我而改变了。

我真的好想在他的怀里撒娇，告诉他我有多爱他，不过因为空间的阻隔，我把所有的感情汇集为两个字："谢谢。"

汪先生说："不用谢。对了，刚才那个'撒谎'是诈你的。"

我：……

挂掉电话后，汪先生发来一条消息："我其实是很想埋怨你的，不过我一想到你之前说过的话，就硬生生地忍住了。"

就在我恨不得马上嫁给他的时候，他的下一条消息又让我恨不得马上掐死他，汪先生说："哦，还有一件事忘了和你说，那些照片在我的电脑里也有。"

汪先生这个心机 Boy！

我们在一起的时候都是汪先生负责削水果，所以我读研时不得不去买了一把水果刀，打电话时对汪先生说："难怪水果刀的包装上会写一句'不要用手试刀'，真的是很有必要啊！"

汪先生："你……"他刚刚说出一个字，很快像是意识到什么一样把后面的话全都咽了回去，沉声问，"伤口怎么样了？"

我："哈哈，逗你的，还好我在用手试刀前反应过来了，然后用脚试的。"

汪先生：……

从那以后我时常在想，男人是教出来的，你要告诉对方你的喜好、习惯、怒点、痛点，才能让彼此学着适应。

从这个角度来想，如果有一天汪先生娶了别人，我一定会生气吧，因为自己辛苦养大的果子最后竟然被别人摘了，就好像一台刚刚下好 APP、设定了壁纸和使用习惯的手机被别人偷了一样。

相比之下，我从来不会埋怨汪先生。

汪先生去超市买东西，先是拿了一款牙膏，后来发现另一款牙膏送印有 Hello Kitty 的玻璃罐子，果断买了后一个。

他回来时欢天喜地对我说："大喵大喵，快来看，你肯定喜欢，Hello Kitty 的玻璃罐子。"他一边说着一边在袋子里找，结果找了半天都没有拿出来，最后哭丧着脸说，"糟糕，好像落在购物车里了。"

即便他做了这么蠢的事儿，我都没有埋怨他一句，只是在看到买牙膏送玻璃罐子的广告提醒他一句："快看，Hello Kitty 的玻璃罐子。"

汪先生：……

我开始学着做饭了，但是我在做饭的过程中从来不尝味道，每次都是自己觉得差不多了就关火。

听到声音的汪先生会巴巴地跑过来，吵着要尝一尝。

也不知道是我的东西不算差，还是汪先生的包容度比较高，每次都会得到还不错的评价。不过他不爱吃甜的，每次做的饭里有甜味儿，他就会对我摆出一副哀怨的表情。

汪先生说："吃完饭就应该马上洗碗。"

我说："吃完饭就应该躺。"

汪先生对我的洗脑不但没有成功，还被我反洗脑了，他终于坦然接受了"吃完饭就躺"的想法。

这天吃完饭，汪先生率先躺在床上，还可怜兮兮地对我说："大喵大喵，我很想洗碗，但是我病了，头好晕，好像快要感冒了，身体很不舒服。"

"又装病。"这已经不是他第一次说生病了，后来都不了了之。

江先生说："不是，我每次快生病的时候都是凭借着顽强的意志战胜了病魔，今天也是。"

我冷眼旁观："那个病魔是不是叫'洗碗'？"

大部分时间汪先生还是很主动的，有一次他在收拾碗筷的时候顺手把剩的一小块炒蛋渣儿放进嘴里，然后马上又吐了出来。

我连忙忍着笑说："是姜，我刚刚挑出来扔在盘子里的。"

汪先生气得跳脚："你为什么要扔在盘子里！"

一觉醒来，我呆呆地望着天花板，心生感慨："真好啊，我竟然还活着。"

汪先生吓了一跳，用手摸我的额头："大喵大喵，大喵大喵，你怎么啦？干吗这么说？"

我转过头，有些同情地看向他："别说我了，你也一样，汪先生，庆祝一下吧，我们都没有死。"

汪先生快哭了："大喵大喵，你不要吓我。"

"昨天的咖喱土豆好吃不？"

"好吃啊。"汪先生不假思索地回答。

"你还记不记得吃饭前，你一直让我放下手机，其实我当时是在查证一件非常重要的事情。做咖喱的咖喱块一直放在厨房的窗台上，也不知道是不是因为经过太阳暴晒，我打开的时候发现有点儿胀袋，扔了吧又觉得可惜，就做了吃了。其实端上桌后我还是有点儿忐忑的，所以一直在网上搜索资料，不过都没什么结果，又看你吃得那么开心就没管了。"

汪先生：……

5

汪先生也是一个脑回路棒呆了的 Boy，有时候他在外面灵光一闪说出去的那些话，恨不得让你装作根本不认识这个人。

有一年暑假，我和汪先生出去逛街顺便去看电影，我们先在街头换好了电影票，再去街尾的一家商场吃饭，回来时突降暴雨，整条街上全是积水，最深的地方甚至到了膝盖处。

可是电影票已经换好了，不去就要浪费了。我们只好想了个办法，买两双人字拖蹚水去电影院！

没想到刚走两步，汪先生大喊一声："我的鞋掉了！"天哪，那样深又那样混浊的水，掉了东西可怎么找，不过很快，汪先生又长出一口气，望向漂在水面的拖鞋，露出劫后余生般的表情："还好你会浮。"

我们在过马路的时候看到有一辆白色轿车停在路上进退两难，汪先生兴奋地对司机说："哥们儿，快逃生吧。"

司机腼腆地笑着，说："谢谢。"

汪先生想了想又问："哥们儿，我能从你的前机盖爬过去吗？"

司机点点头说："可以啊。"

不过这个方案难度太大，最后并没有成行。不仅如此，汪先生还时不时地向反方向过来的路人打探消息："前面还有深的地方吗？"

路人也很乐意回答他，手舞足蹈又声情并茂。

现在想来，那真是特别的一天，整条街上到处洋溢着欢乐的气氛，当有司机不畏艰险、强行通过深水区时，人群里甚至响起了一片叫好声，司机也在用自豪的笑容回应大家。

虽然从严格意义上来说，那的确是一场小小的灾难，可是正是这场灾难，让往日在街头匆匆而过的陌生的人们瞬间变得紧密起来，这对于长时间身处钢筋丛林中的我们来说，真是一份温暖而特别的体验。

后来我们到了电影院，告诉服务员说："外面在下大雨，整条街都淹了，我们是冒着生命危险过来的。"我们争先恐后地向她形容外面的情况，好像她错过了什么千载难逢的事情。

听到我们的描述，服务员露出吃惊的表情，连连说着"不可能吧"。

是啊，不可能吧？

当我们从电影院出来时，不仅已经雨过天晴，地上甚至连一点点水痕都没有留下，让人不得不怀疑刚才的一切不过都是黄粱一梦。与此同时，街上的行人也恢复了他们最常有的状态——目不斜视又步履匆匆。

对了，那天因为下雨，商场的大厅里积了水，人们只好从旁边一家某奢侈品牌旗下的化妆品店绕路，店员十分不悦，站在门口大吼："我们这儿是要统计客流的！"

后来我们出了商场，在街上狂奔时竟然有店铺邀请我们进去，我们说不用了，不买东西。

那个妹子笑得很甜，说："没关系，进来躲躲雨也是好的呀。"

当时真是有一种历尽世态炎凉的感觉。

当然，这不能怪化妆品店的妹子不通人情，只是店铺的管理标准不一样罢了，化妆品店将客流转化率作为衡量该店铺的重要指标，她当然不会欢迎那些只是借道路过的客人。不过后一个妹子还是很值得人敬佩的，因为我们不仅不会买东西，说不定还会把她的地面踩脏。

6

那天等汪先生下班后一起去吃饭，接上我时已经很晚了，走了几家想吃的店都不开门，只能去了一家米线店，眼看着都快打烊了，还没有等到饭。原来是店主和后厨沟通有问题，催单时看到火上烧着米线，就以为是我们的，其实是外卖的，我们的米线根本没有做。

汪先生非常罕见地生气了，店主连连道歉，我也说算了吧，出来时，汪先生小声说："你难得说想吃什么还没有吃上，大喵大喵，是我对不起你。"

我在网上找了一个祛痘秘方，试了一下不只痘痘没好，其他地方也一片红肿，简直就是毁容秘方。

汪先生说："以后再有这种秘方一定要先在我脸上试。"

汪先生从日本买了一个掏耳朵神器，回来后非要拉着我试一试。

我躺在他的腿上，任由他摆弄我的耳朵，谁知道他掏着掏着，一滴口水竟然砸在了我的脸上！

我一脸的不可思议，汪先生却在一旁爆笑，他拿纸给我擦了擦，像小狗一样说："大喵大喵，你好嫩，我好想咬你一口。"

我想了想，觉得这个理由好像没毛病，就继续躺下了。

7

航空公司的乘务长大多加入了一个名为"关爱单身狗联合会"的组织，她们面对一些新面孔或是小鲜肉总是格外热情。

这天汪先生刚上飞机，乘务长便问："吃饭了吗？"

汪先生："吃了。"

乘务长问："有女朋友吗？"

汪先生一脸发蒙的表情，这转折也太快了吧："有。"

乘务长："要换吗？"

汪先生不自觉地开始流汗："暂时不想。"

乘务长："是圈里的吗？"

汪先生："不是。"

仿佛是终于找到了突破口，乘务长深吸一口气，开启了嘴炮模式："飞行员找女朋友就要找圈里的，这样才会体谅对方，理解对方，你看那谁谁谁，刚结婚就因为女方嫌弃他每天不在家离了，最后还不是找了个圈里的……"

其实飞行员的女友们大可不必把乘务长的话放在心上，因为那只是陌生人之间没话找话时信手拈来的话题而已，并不是要真的怎样，更用不着为此难为男友或是难为自己。

汪先生每天上班都会遇到一群不甚熟悉的人，每次聊天都会从头开始，例如多大啦，哪儿的人，哪儿毕业的，有女朋友吗，女朋友干什么的？

汪先生，请问你的女朋友是干什么的？

每当汪先生向我抱怨我不在他身边时，我就会对他说："是你要我去考研好给你一个缓冲的。"

汪先生拍案而起："我也做到了好不好？现在租了房，买了车，可以让你的生活更好些。"

汪先生知道我的脾气，从来不敢对我要求什么，只是一再强调他只是出于"善意"给我提一点儿"可以不予理会"的建议。

他说我可以去他们公司工作，至少可以有地方缴纳保险，说完这一番话后又会否定自己："算了，你还是做自己喜欢的事吧，大不了我养你。"

女生想要男生说一句"我养你"，或许并不是真的要对方养，只是想要在满身疲惫时寻找一种安全感。

然而男生们是万万不敢轻易说出这句话的，因为女生们高兴的时候会对男朋友说："我要的只是态度。"万一到了走投无路的时候，她们又会对男朋友说："你说过要养我的。"

汪先生不仅敢说这句话，还敢对所有人承认说过这句话。每当同事问道"你女朋友是干什么的"，汪先生总是会在简单介绍一番后，说："我媳妇不用工作，我养她。"

他这样一说，旁人自然会投去略带轻蔑的目光，用嘲讽的口气说："是吗？"是啊，这样一份薪水在北京这样的地方说"我养她"，简直是痴人说梦。

可汪先生不管这些，即使能够猜到别人的反应，他还是会这么说。

要是一般的工作也就算了，这份工作就是这样，只要去上班，就会遇到别人问这个问题，一个问题在耳边反反复复地提，其中的压力可想而知。

我对汪先生说："你放心，我不会让你为难的。"

汪先生说："不，我已经这么不开心了，你千万不能不开心。"

8

或许是因为自己的恋爱幸福美满，所以我总是期盼着身边的朋友都能有一个好归宿。但是当桃子小姐告诉我她有了男朋友的时候，我是怎么都不相信的。

桃子小姐是个好朋友，却不是个好女朋友，她对朋友热心仗义，在生活中积极独立，男生都把她当女汉子，却不曾想过她也有需要关怀的一面。

说实话，我想不出什么样的男人才能驾驭她。

我问桃子小姐："你男朋友是谁？"

桃子小姐故意卖了个关子："等他飞回来的时候让你见见。"

我试探着问："飞行员？"

"是。"桃子小姐露出一个高深莫测的笑容，"而且你还认识，就是刘总。"

我一口饮料差点儿喷出来："你逗我？怎么可能是刘总？你俩要好早就好了，还用等今天？"

桃子小姐细声细气地讲了他们的恋爱经历，原来她和刘总在私下里一直有着不算那么密切的联系。

天哪！没想到桃子小姐竟然向我隐瞒了这么重要的情况！我气得要死，几乎是拍案而起："桃子，我们还是不是朋友，没想到你藏得这么深！"

桃子小姐十分不以为然，好像故意炫耀一样说："谁让你是个大嘴巴，当然不能和你说。"

我：……

原来她还记得我初次撮合她和刘总时，把她对刘总的评价告诉刘总的事情。

太可怕了，太可怕了！

还记得汪先生说刘总在前不久有了女朋友，没想到那个人就是桃子小姐！

那时候，刘总拜托汪先生去免税店买一瓶香水，说是要送给女朋友的。没过多久，我就在桃子小姐身上闻到了那款香水的味道。那个时候的我根本没有多想，还和她讨论哪个香水好，在哪儿买便宜，还向她八卦说刘总刚给女朋友买了一瓶同款香水，桃子小姐竟然还给我装出惊讶的样子！

没想到啊没想到！

提起两人的恋爱经历，桃子小姐羞赧一笑，脸上闪烁着恋爱中的女人特有的光芒，她说她从来没把刘总当作男朋友的人选，这么多年和他经常闲聊，却从来没有逾越一步。

再说了，刘总是什么人，爱慕他的人那么多，她何必还要往上扑呢？

直到有一天，桃子小姐恰巧和刘总飞同一个航班，当她看到刘总上飞机时，桃子小姐惊呆了，简直是一副见了鬼的表情。

桃子小姐瞬间瘫倒在地，可怜兮兮地对刘总说："完蛋了，原来刚刚进去的那个人是机长，我还以为是你。"

原来机长戴了口罩，一下子遮去半张脸，桃子小姐才会认错人。最要命的是机长戴了一个3M口罩，前面拱起来像扣了一个碗似的，桃子小姐一时手贱，一边伸手狠狠地按了一下口罩，一边顺口骂了句脏话，用调侃又嫌弃的语气问："你这是什么玩意儿？"

她以为那个人是刘总，还为自己能够抓到机会踩他一脚而沾沾自喜，没想到"刘总"什么也没做就成功把她反杀了！

曾经天不怕地不怕的桃子小姐一下子蔫了，整个航程里都心惊胆战，恨不得马上像香妃娘娘一样变成蝴蝶飞走。

后来还是刘总特意找到她，安慰她说："机长不知道你是认错人了，也没把这件事放在心上。"

桃子小姐还是不放心，纠结了半天，红着脸小声问："他不会以为我喜欢他吧？"

刘总没忍住笑喷了出来，想了想说："这样吧，你要是不放心，我现在就和机长说你是我女朋友。"说完便要作势离开，又意料之中地被桃子小姐拉住："还是不要了。"

刘总意味深长地笑笑，转过身时朝她潇洒地挥挥手："那你就不用管了。"

至于刘总到底有没有说这件事，我们就不得而知了，只是这件事后，桃子小姐和刘总的关系无可避免地更近了一步。

后来才知道，原来刘总很早就喜欢桃子小姐了，但是当他得知桃子小姐对自己无意后，就彻底断了这个念头。

刘总是什么人？是在微博上有一群小姑娘要为他生猴子的网红，是偶尔露出一个笑脸都会让人念念不忘的男神，他怎么能受到这种委屈，所以才会装作满不在乎的样子依旧嘻嘻哈哈地过着飞鹰走狗的日子。

当然，如果当面问刘总这些话，他是绝对不会承认的。

他只会如梦初醒般对大家说："你们是不是还不知道桃子认错人的事儿？我给你们讲讲，桃子那天都快被吓死了……"

其实从航校到公司，看不惯刘总的人大有人在，刘总对此非常不以为意："讨厌我的人多了，你算老几？"刘总有没有因此被人下过绊子，我们不得而知，不过确实有两件事非常蹊跷，而且这两件事都由微博而起。

第一件事是有一个女生在微博上哭诉自己被刘总始乱终弃，细节生动，过程详尽，甚至还晒出了聊天记录。在女生的描述里，刘总在微博上装得很正经，其实经常在背地里干着勾搭女粉丝的勾当，骗钱、骗色、骗感情，她是在和其他女粉丝聊天时才猛然意识到原来大家都有相同的遭遇。

女粉丝的微博发出后，很快被一些人转发，也渐渐传到了刘总的耳朵里。那时候，我们都劝刘总不要理会，你越解释反而越像真的。

刘总并没有听从我们的劝告，他不仅大大方方地把女粉丝的微博转发了，而且还附上了一句话："给你的一百万封口费这么快就花完了？说个数，究竟要多少钱你才能闭嘴。"

女粉丝很快把微博删了，刘总倒是把微博留下了，只要有人向他借钱，他就会把微博拿出来给对方看："没钱，刚刚付了封口费。"

第二件事是在刘总和桃子小姐确定关系后，有不明身份的人给桃子小姐发消息，历数刘总的黑历史，劝桃子小姐小心点儿。

出乎意料，桃子小姐不但没有拿这些东西质问刘总，反倒对那个匿名人说："就你这点儿料还想黑别人？你知道得太少了，来来来，姐姐再给你加点儿……"

桃子小姐一条接一条地发过去，害得匿名人不得不把桃子小姐拉黑了。

我很奇怪桃子小姐怎么会这么信任刘总。

她微微一笑，问："你见过刘总哭吗？"

我摇摇头，"没有。"事实上，我连汪先生哭都没有见过。

"我也没有。"桃子小姐说，"只是有一天早上，他说昨天晚上梦到我和他分手了，我这才想起来，晚上睡觉时砸在我脸上的水滴应该是他的眼泪。"

或许正因为这样，当桃子小姐从浴室出来看到刘总在偷看她的手机时才会格外生气，她没想到自己堵上尊严去捍卫的人会反过来质疑自己。

怒不可遏的桃子小姐二话不说抢过手机，扔在地上砸了个粉碎。

不过一瞬，她又突然反应过来，不对啊，她砸的好像是自己的手机！

回过神的桃子小姐又抢了刘总的手机扔了出去。整个过程不超过一分钟，两台手机相继阵亡！

刘总一脸呆怔。

我听后只说了两个字："土豪。"

后来，我向桃子小姐讲了几件关于刘总的事。

在我们的印象里，刘总像个长不大的孩子，除了他留给粉丝的帅，一聊起来他都会说他蠢萌、幼稚、可爱，是个十足的二货，这恰恰反映出我们一直在用"大人"的眼光看他，因为他真的像个孩子一样纯净无瑕，有时候甚至让人觉得有些不可思议。

汪先生在分院的时候和刘总住在同一层，汪先生发现公共洗手间的灯经常会坏，又总是会被及时修好，当时的汪先生只以为这是后勤的保障，直到很久之后，他偶然看到刘总站在椅子上换灯泡时，才知道原来这一切都是刘总做的。

现在，刘总毕业了，宿舍楼里公共洗手间的灯还会亮吗？

还是在分院的时候，也就是汪先生生病的那次，他恰巧有一些衣服泡在盆里没有洗，因为生病放了很久很久，最后是刘总来看汪先生时顺便拿出去洗了。

回公司后的一天，汪先生托刘总去拿快递，刘总刚拿回来就接到另一个同事要他去取快递的电话，他二话不说就又出去了。

他从不隐藏自己，对上对下都直言不讳，完全不去考虑这样做会不会给自己带来不利的后果，他也从不保留自己，对好朋友有求必应，完全不去考虑这样做会不会损害自己的利益。

桃子小姐听完我的话，红着眼眶说："你以前怎么不说这些，我收回你是'大嘴巴'那句话。"

我不由得撇撇嘴："你以前不是不待见他吗，所以只挑刘总的蠢事和你说。"

桃子小姐说，手机事件发生后，刘总很快拿着新手机找到她，一边向她道歉，一边请她收下手机。

桃子小姐还在赌气："我才不要你的东西，万一有一天分手了怎么办。"

刘总没有说不会分手，而是咬咬牙说："你放心，我不会让你还的。"他说这句话的时候由内而外透着一股傻气，桃子小姐明明应该更是气，却不由得笑了出来。

一天晚上，桃子小姐给我发来一张照片，照片里的东西极其粗糙，也不怎么美观，是摆在展柜里谁都不会多看一眼的那种。

桃子小姐说："这是刘总送给我的，是他亲手雕刻的空客320。"

chapter 7

一百个生气的理由

1

汪先生上洗手间时发出一声惨叫，我赶忙问他："怎么了？"

原来洗手间的马桶上有个柜子，放了一些囤积的洗漱用品，东西太多，开柜子时容易掉东西下来，刚刚汪先生看到卫生纸用完了，开柜子时刚好有一瓶洗发水掉进了马桶里。

我在一边幸灾乐祸："你不是还特意提醒过我，要我拿东西时一定要盖马桶盖，哎呀，要是我把东西掉进去，你还不骂死我。"

"对不起，我错了。"汪先生很快道歉，接着又仰起下巴，无比傲娇地说，"要是你做错事情，会像我这样勇于承认错误？"

我：……

开玩笑？我怎么可能会是那种人。

等一下，我好像真的是这种人。

小时候父母常常不在家，有一次饿了想把剩饭吃了，就学着大人的样子把饭放在火上加热。

盛饭的器皿是一个白色塑料盆，遇明火后开始出现焦黑色的大包，吓得我赶紧把火关了。那个时候，我也不知道要销毁罪证，那个盆就被我大摇大摆地放回了原来的位置。

爸妈回来后，开始相互指责，我爸说是我妈弄的，我妈说是我爸弄的，我爸委屈得不行，开始怀疑会不会是我弄的。

我妈想也没想就骂了回去，因为她怎么也不敢相信那个年纪的我会开火，所以一口咬定我爸做错事情不敢承认，还诬陷女儿。

两人为此大吵一架，渐渐地，我开始有些心虚，害怕妈妈会真的怀疑到我的头上。

为了试探一下妈妈的态度，也为了彻底摆脱自己的嫌疑，在一个风和日丽的午后，当我妈用那个烧坏的白色塑料盆盛着菜放在桌子上时，我故意装出一副茫然的样子，天真无邪地问："妈妈，这个盆为什么会是这个样子？"

我妈冷哼一声："还不是你爸弄的。"

那一刻，我悬着的心终于落下。

小时候的我还真是挺不让人省心的。

有一次放学后，同学因为要和我们玩儿，让楼上的妈妈扔下绳子，把书包吊上去，我在一旁看着很是羡慕。

我回家也要妈妈扔下绳子，我妈推托了一阵，一看拗不过我才找了绳子扔下来，还惹得一群邻居围观。

看到书包上去了，我这才心满意足地上了楼，回家后才反应过来，哎，我这不是也上来了？

2

那天下着雨，汪先生又因为什么事情把我惹火了，我气得不行，故意要离他远一点儿，却被他一把搂在脖子上，紧紧地圈回伞里。

我不服啊！

我明明是一只这么有骨气的喵！

就算你禁锢了我的头颅，我还是要从身体上反抗！所以虽然我的头在伞下，身子却固执地留在伞外，整个人完成了直角90度。

我越是这样，汪先生越是要拉我。

我在力气上争不过他，气势上一定要压他一头，我赌气似的大喊："你放开我，让我自己走，我才不需要打伞！"

汪先生紧张地说："你怎么能不要伞呢？你又没有大头。"

3

汪先生回信息经常是"哦""嗯""好的"，特别敷衍。我说你不能这样，哪怕是"嗯嗯""哦哦""好的，好的"也好一些啊。

他似乎明白了什么，再回信息时特意在"嗯""哦""好的"的后面加了一串不知所云的小尾巴："嗯立即减速并下降到一个振动水平可以接受的安全高度，哦飞行指引电门ON位自动驾驶仪接通不要重新接通自动油门，好的所有发动机都启动好了请撤离所有地面设备。"

害得我猛然一看还以为手机中病毒了，一发消息全是乱码。

和汪先生爆发的最大一次冲突发生在去天津旅游的时候。

　　我和汪先生都生在内陆城市，并没有机会看到海，所以我们都期待能借此机会亲近大海。

　　去过塘沽的应该都知道，外滩公园里到处都有拉客去"赶海拾贝"的小贩。渐渐地，汪先生也动了心，坚持要上一辆去"赶海拾贝"的面包车，一个人只要十块钱。

　　我却不大愿意，一是因为我排斥坐黑车，二是觉得不正规。我说我不去，我在厦门看过海。

　　汪先生为此非常生气，他说："我没有看过。"

　　他的一句话让我很不是滋味，和他在一起的这些日子，总是他在迁就我，我却很少顾及他的感受。

　　我很内疚，想说同意却也晚了。

　　气急败坏的汪先生指着我憋了半天，终于给了我一个重重打击："给你十块钱你就吃了！"

　　我一下子泪流满面，却又因为他戳破了我的吃货本质让我无从辩驳。

　　汪先生也不想去了，坚持要回去。

　　我从没有见过这样的汪先生，他板着一张脸，唇边再无一点儿笑容，看上去严肃、冷漠，陌生得可怕。

　　一路上，我小心翼翼地跟在他身后，心里是前所未有的恐惧，因为我意识到，我们要分手了。

　　回到宾馆后，我在网上搜索"赶海拾贝"，发现了一些内幕。拉客的小贩会从中抽成自不必说，更重要的是，原来上车的十块钱只是一个开始，司机会在路上以过路费为由继续收钱，到达目的地后，还会有不明人员强制收取门票、拖鞋费，而返程时也会因为游客别无选择而被黑车漫天要价。

其实，看我哭得那样伤心，汪先生的气已经消了很多，在看到这些内幕之后，他也就不再怪我了。

他说回来的路上，他虽然一直气呼呼地走在前面，不过还是会时不时地回头，他说："我要看你在不在，我不能让你走丢了。"

后来，我总会拿"赶海拾贝"的事取笑他，很奇怪，他那样爱面子的一个人，面对我的揶揄他却只是笑，他说："我允许你把这件事说一辈子。"

4

那件事后，我很害怕汪先生生气。

有一次，我花 50 块钱买了某品牌牙膏，没过多久后另一个系列也有了特价，所以又花 50 块钱买了一个。

汪先生得知这件事后，不由分说便是一阵数落："你是怎么回事，前两天不是刚买了吗？怎么又买！"

就在我感到十分惶恐的时候，他幽幽地吐出一口气，仿佛皇帝一般漫不经心地开口："给我一个。"

"好啊，好啊。"我一下子眉开眼笑，只要他不生气，要我做什么都可以。

挂掉电话后我才反应过来，不对啊，买牙膏花的是我的钱，他凭什么指手画脚？他骂了我一顿还要了我的东西，我怎么还特别高兴！

我很快就打电话回去把他骂了一顿，不过牙膏还是给他了。

汪先生对我越来越不客气了。

汪先生教我游泳却以失败告终，我极其失落，感慨道："狗都会游泳，可我不会。"

汪先生很快说："狗还吃屎呢。"

网上流传着一个演奏斗地主的视频，视频里，有妹子弹钢琴、吹笛子，还有小哥模仿斗地主里的台词："叫地主、抢地主、不要、不加倍、我等的花儿都谢了……"

我把视频给汪先生看，然后和他交流感想："看了以后想学一门乐器。"

汪先生眼皮也没抬："我以为你想学斗地主。"

在汪先生又一次对我出言不逊的时候，我意识到我在这个家的地位已经有所动摇："这样下去不行，我要立威！"

"拉倒吧。"汪先生很是不屑，"只要你改不了吃，就别想立威，下周飞新疆，烤包子、椒麻鸡、馕包肉……"

我："没事了。"

5

系统的飞行员教育不仅让汪先生学会了如何驾驶飞机，还在他的脑子里植入了一套基于保障安全的处世理念。

上备份班的时候，哪怕家里离公司只有十分钟的车程，他也坚持要在公司随时准备着，一步也不能离开。

汪先生出门前会严格执行检查单制度，就是把要带的东西、要买的东西写在一张纸上，念一项做一项画一项，不过他经常会忘记把"检查单"放哪儿了。

汪先生做事特别强调逻辑和程序，每次都会默默观察我的做法，坐电梯要先按楼层再按关门，看电视要先开机顶盒再开电视，顺序不对就要被他教育一番。

汪先生从不做任何可能违法乱纪的事情，例如他绝不会在有禁停标志的地方停车，哪怕已经有很多车停在那里。汪先生若没有找到地方停车还要等我的话，他就会在路上一圈一圈地绕，有时候我气得不行，但又无可奈何，只能调侃一句："汪先生，你是不是还要我跑步上车？"

除了安全理念，飞行员教育还给了汪先生一种特别的本领。

物业发通知要收水费，请业主拍了水表的照片去缴费，大概是水表装反了，我们家的水表和别家的有点儿不同，物业看了半天也不能确定缴费的金额。

汪先生一手拿着手机，一手在上边指指点点，详细讲解了水表应该怎么看，物业一脸呆愣，将信将疑。

我忍着笑，对物业说："请您相信他，他是专业看仪表的。"

我在网上看到一个小测试，随手给汪先生发了过去："今天我吃药的时候看到一个新闻。"

在这个句子里"我"是主语，"看到"是谓语，宾语是"一个新闻"，"今天"和"吃药的时候"都是用来修饰看到新闻这件事的时间。也就是说，这句话的核心在于"我看到一个新闻"，特别是在略读的情况下，很容易忽略"吃药"这件事。

所以，虽然广大网民在上当之后都在批判这个测试，但是这个测试还是有一定道理的，忽略"吃药"的人不一定就是不喜欢你，但是能抓住"吃药"的人，一定是非常在乎你的人。

汪先生很快回复："你吃什么药？"

我的心里一甜，把测试的缘由发给他："如果他问你是什么新闻而不是为什么吃药，说明他不喜欢你。"

汪先生："原来是这样，我还以为你偷吃维生素。"那是汪先生他妈给他买的补品。

我："什么叫偷吃？再说了，那破玩意儿谁稀罕吃。"

汪先生："大喵大喵，大喵大喵，我不是那个意思，你听我解释。"

我："我不听，我不听，我不听。"

后来汪先生给我买了我最爱的小鱼干，我才原谅了他。

6

因为工作关系，汪先生经常会出入一些五星级酒店，凭工作证还可以拿到折扣。

有一次，汪先生说要带我去开开眼，提议去一家度假酒店泡温泉。

为了不辜负汪先生的好意，从进门开始我就"哇哇"地叫个不停，看到中庭帝王宝座一样的红顶高台更是露出了星星眼。

汪先生看着来来往往的人一脸尴尬，板着脸小声呵斥我："别叫了。"

哼，叫还不是为了给你面子，不叫就不叫，我立马换上一副嫌弃脸，抱起双臂开启吐槽模式："都不是金砖铺地，服务员也不是跪着服务，花瓶也不是古董，垃圾！low！不去啦，回家！"

汪先生说："大喵大喵，大喵大喵，对不起，我错了。"直到汪先生跪下来求我，我才同意继续和他玩儿——并不是这样，是汪先生毫不留情地把我揍了一顿，我才变得乖乖的，再也不敢捣乱了。

进入温泉区后，汪先生一眼看到了位于最里面的大滑梯，他极其兴奋地跑过去，又被一个牌子挡住了，上面写着"禁止成年人进入"。

汪先生把头埋在我的肩头，咬着嘴唇对我撒娇："嗯，想玩。"

7

汪先生非常热衷于给我盖被子、盖后背、盖脚、盖肚子，他说这是对冬天起码的尊重。到了夏天，他又要管我穿衣服，穿露肩的他说要得肩周炎，穿短裤说我要得关节炎，穿短上衣说我要得肠胃炎。

我说你能不能盼我点儿好，我这么穿是对夏天起码的尊重。

那天逛商场，在楼上的时候突然听到楼下响起了音乐声，原来是某品牌在做活动，我趴在栏杆上看下面的劲歌热舞，回头时发现汪先生不仅没看，还靠在栏杆上背对着舞台。

"你怎么不看啊？"

汪先生依旧无动于衷，一边舔着冰激凌，一边淡淡地说："你走光了，傻×！"我这才看到他正用另一只手举着纸袋，遮在我的短裙后面。

我从小台阶上下来，环视一周，突然间掀起了裙子。

汪先生一脸震惊，火急火燎又上蹿下跳。

我接着邪恶一笑："呵呵，我里面穿了安全裤。"

汪先生总是找机会偷偷看我手机，他拿到手机也不看别的，就是打开微信看朋友圈。

他飞某地时买回来一套《疯狂动物城》的手办，这东西极其抢手，每个人限购一套，不一会儿就没货了。

我拍了照片发到朋友圈，只有稀稀拉拉几个人点赞，汪先生看后，很是失落。

汪先生，不是你送的东西不好，只是我的好友少而已。

我也会偷偷看汪先生的手机，我拿到手机也不干别的，就是打开微信给自己发一条"我们分手吧"，然后再拿我的手机质问汪先生是怎么回事。

汪先生："大喵大喵，大喵大喵，你要相信我，这是有一个漂亮的小妖精在陷害我！"

汪先生总是在我上课的时候打电话，一个不接就再打一个，要不就在我没课的时候问怎么没上课。

我气得要死，不厌其烦地把哪天有课、哪天没课和他说了一遍又一遍，汪先生都认真地听着，但就是记不住，后来我才发现症结所在，原来汪先生按排班表生活，只有今天是几号，没有今天是星期几，想到这些就原谅他了。

8

有一天和汪先生打电话，说自己找了个兼职，在会议室给参会人员倒水，顺便也听了一些八卦。

那些领导真是 low 啊，讨论新年晚会的节目，说《金蛇狂舞》从名字上看不喜庆，拜托，《金蛇狂舞》还不喜庆？

要是会议有弹幕功能的话，我一定会吐槽一句："《喜洋洋》名字喜庆，换《喜洋洋》吧。

说到这里，汪先生竟然没有笑，生气！

不仅如此，在讲故事的过程中，汪先生的反应也不是很灵敏，有一搭没一搭的颇为可疑。

"你玩儿游戏吧，挂了。"

汪先生立刻开始哭天喊地："胡说，我根本没有玩儿游戏，你污蔑我！你不爱我了！"

本来不是很生气的我一下子火冒三丈："汪先生，你做错了两件事：第一，明明在玩儿游戏却不承认；第二，自己有错却把错推到我身上。"

汪先生："呃……"

自此以后，汪先生再也不敢一边和我打电话一边玩儿游戏了。

当然不是，我和他打电话的时候也在刷微博啊，想到这些，我就不生气了，哈哈哈。

9

和汪先生去吃烤鱼，我们人品爆发，很快就有菜端了上来。

我夹了一个花生米，正吃得津津有味，汪先生"咦"了一声，翻开鱼身说："怎么回事，为什么有腐竹？我们没点腐竹啊。"

汪先生把服务员叫过来说明情况，原来真的是上错菜了。一桌客人原本坐在我们的位置，换座位后，他们的鱼就端到了我们的桌子上。

服务员把鱼端了过去，很快就受到客人的质问，服务员一个劲儿地解释，说我们很快发现了有问题，绝对没有动过。几个男人只好收下了被我吃过一粒花生米的烤鱼。

后来上菜时，汪先生问服务员："要是我们没发现会怎样？"

服务员："那当然是再给您做一份。"

汪先生一阵坏笑："那是不是要表示一下，送我们点儿饮料？"

服务员想了想，爽快地点了点头："行。"

我在一旁看得目瞪口呆。

汪先生在埋单的时候还是掏了那份酸梅汤的钱，他笑着对我说："人家既然能做到这一步，我也要礼尚往来啊。"

10

汪先生越来越爱惹我生气了。

他时不时地嫌我胖、嫌我丑、嫌我懒、嫌我挣钱没他多，逼急了我就会冲他大吼一顿："你是不是有病？嫌我胖，还一个劲儿地让我吃吃吃！"

汪先生也不搭话，就坐在那里似笑非笑地看着我。

一天晚上，汪先生又在戳着我肚子上的肉，神秘兮兮地说："大喵大喵，大喵大喵，你知不知道我最喜欢什么？"

"惹我生气。"我不假思索地说。

"是，哎呀，也不全是，就是这个感觉，你懂不懂？"汪先生颇有几分为难，"我也不是真的想惹你生气，我就是喜欢逗你，想看你因为我炸毛的样子。"

"有病。"我毫不客气地咒骂一声。

汪先生说："是啊，我有病，你明明有那么多缺点，我还是抑制不住地喜欢你，这种不受控制的感觉太可怕了，我一定是病了。"

奇怪，我明明应该生气的，怎么还有点儿小感动呢？

从小到大，汪先生一直生活在"别人家的孩子"阴影之下。

我问："考上飞行员以后还被说'别人家的孩子'吗？"

汪先生："不说了。"

不说了，一方面源于汪先生现在不算差，另一方面也源于当年那些"别人家的孩子"并没有多好。

这一点我深有体会，因为我就是"别人家的孩子"。

妈妈在外人面前从不吝啬对我的赞美，有时候甚至会颠倒黑白，强行夸奖，换一个说法就是"包装"。我在民办中专代课的时候被我妈说成是大学教授，想想也是醉了。

所以，有一些"别人家的孩子"真的只是海市蜃楼一样刺激自家孩子的虚幻形象罢了，正因如此，"别人家的孩子"就像是皇帝的新衣，每个传播者出于自己的目的而维系着这个谎言。

汪先生听邻居无比自豪地提起，她家女儿在机场工作，是一名空姐。汪先生果然在机场见到了她，不过是在过安检的时候，她远远看到汪先生又不敢认，后来特意问了检查汪先生证件的同事才上去和汪先生打招呼。

汪先生没有提空姐的事情，女孩儿和他寒暄一阵，也没有表现出丝毫异样。是女孩儿和妈妈说自己是空姐，还是妈妈故意说女儿是空姐，抑或在妈妈的眼里在机场工作就等于是空姐，我们就不得而知了。

但是不久之后，汪先生还真遇到一个假扮空姐的同学。

D同学是空姐的事众所周知，从不同的同学那里听到这个消息的汪先生自然也深信不疑，他因此加了 D 同学的微信。

朋友圈里的 D 同学是某外航的乘务员，住五星级酒店，吃各地美食，常常会为航班延误苦恼，也会为乘客的表扬信开心，有时候还会发一些代购信息，看上去毫无破绽，问题出在汪先生与她见面之后。

那天，汪先生飞 D 同学所在的城市，D 同学热情地接待了汪先生，随叫随到的品行让汪先生感慨了一句："你不用飞吗？"

D 同学先是愣了一下，接着笑眯眯地说："我们飞的少。"

汪先生问 D 同学飞空客吗？ D 同学说是。汪先生问飞 320 吗？ D 同学说是。汪先生不由得沾沾自喜，感叹自己料事如神，一猜一个准儿。

汪先生说飞行中的事，D 同学除了"嗯""啊""哦""哈哈哈"，再没发表过什么看法，不一会儿就把话题扯开了。汪先生也就顺着她聊一下当地的风土人情。

回来后，汪先生显得心事重重，他说："大喵大喵，我被骗了，她随叫随到，她对飞行对海关都不熟悉。"他把手机给我，说，"你看，她说的那家公司根本没有 A320。"

汪先生陷入了前所未有的纠结，D 同学像一个谜，让人忍不住想拨开云雾以便证实自己的猜想，D 同学又像一瓶汽水，揭开潘多拉的盖子后，不是怨恨就是眼泪。

汪先生说："人艰不拆。"他不能让自己的好奇伤了一个姑娘的心。

我说："或许她也很累？说不定她也是被迫的，只是为了给父母一个交代？如果不能戳破皇帝的新衣，她就永远不能穿上衣服。"

汪先生觉得有道理，再次与 D 同学见面时，他说公司装门禁了，因为有人进公司大楼照相，然后发在社交媒体上冒充飞行员，公司也发通知不要在社交媒体上发照片，因为有些人会盗图、盗文字，把自己伪装成另一个身份。

D同学瞪大眼睛，不可思议地大喊："还有这种事儿？哈哈哈。"

汪先生说："是啊，确实有这种事儿。你有没有什么想和我说的？"

D同学："什么想说的？没有啊。"

汪先生含笑点头，再也没有深究这件事。

汪先生说："我很羡慕朋友圈里的人，他们游走在天南海北，无忧无虑，享尽美味珍馐，很像小时候的别人家的孩子。"

别人家的孩子毁掉的不是一个人，相较于汪先生的悲观自卑，我则表现得目中无人，盲目自信，渐渐地就把那个虚构出的戴着光环的人当作了自己。事实上，想要认清这个事实，也不是一件容易的事。

D同学的朋友圈已很久没有更新了，有一天她突然发了一条状态，破天荒地没有配图，只有简单的几个字："辞职了，这次是真的。"

汪先生给她点了一个大大的赞。

11

刘总和桃子小姐吵架了，起因是桃子小姐觉得747是最美的飞机，刘总觉得380才是飞机界的翘楚，两人为此大吵一架，各不相让。

两人吵得最多的还是因为吃的。

刘总吃东西有刘总的规矩，第一口必须他吃，最后一口也要给他吃，要是吃不上就会生气。

每当刘总问桃子小姐剩下的还吃吗？只要桃子小姐回答说不吃了，那就绝对一口都不许吃了。

可是桃子小姐忍不住啊，看着刘总吭哧吭哧的样子就还想来两口，这一口下去就像要了刘总的命一样，刘总又要生气了。

桃子小姐也有生气的时候，那天她在吃冰激凌，吃了一半觉得凉就交给了刘总。

女朋友有求，刘总当然当仁不让，很快肩负起了打扫战场的职责，不一会儿就把冰激凌吃完了。

放下手机的桃子小姐惊讶地看着刘总："你怎么把我的冰激凌吃完了？"

刘总也是一脸呆怔："你不是不吃了吗？"

桃子小姐说："我什么时候说不吃了？"

嗯，她好像的确没有说过这种话。刘总这才明白，在女朋友没说不要了之前，他是绝对不能吃完的。

自此之后，刘总学会了一招，不管女朋友吃不吃都要一刻不停地问，甚至是一刻不停地问，结果因为已经说了不吃还要喂实在是太烦人了，被桃子小姐暴揍一顿。

细细算来，两个人在一起的时间并不多，刘总休息的时候，桃子小姐去飞了，桃子小姐休息的时候，刘总又要去飞了，好不容易两个人都休息，终于可以安安静静地坐在一起吃顿饭了。

桃子小姐说吃川菜，刘总嫌辣，桃子小姐说吃日本料理，刘总嫌生，桃子小姐说烤鸭，刘总嫌腻。

桃子小姐气得要死，刘总又说桃子小姐脾气差，说桃子小姐是炮仗，一点就着。

正当桃子小姐想要甩手走人的时候，刘总提议道："不如去吃火锅吧。"桃子小姐很想骂人，原来刘总早就有了主意，还偏偏假模假样地问她意见，真是无耻。

他们去了那家连锁火锅店，桃子小姐想吃大锅，刘总非要吃吧台的小锅，后来是桃子小姐让了一步，和刘总不情不愿地坐上了吧台。

那天也赶巧了，吧台被一个公司的员工包了场，二三十人里除了刘总和桃子小姐都是相互熟识的同事。

桃子小姐觉得特别尴尬，刘总倒不觉得有什么，席间还和大家一起举起香菇，为下月销售突破一百万而努力。

要不是因为坐的吧台，桃子小姐早把桌子掀翻了。

前段时间，有一个电视台的征婚节目给刘总发私信要他上节目，刘总果断拒绝，他回复对方说："不好意思，我已经有女朋友了。"

对方说没关系，女嘉宾也是找来的模特，牵手不牵手都是可以安排的，说白了就是露个脸而已，可以给劳务费。

笑话，刘总是什么人，谈钱简直是侮辱他的人格。

他义正词严地回复对方："能给多少钱？"

对方报了个价钱，刘总因为钱太少就没有去。

12

刘总和桃子小姐坐高铁出去玩儿，票没有买到一起，刘总坐在第一排，桃子小姐坐在第二排。

桃子小姐身边的人不想换，好在刘总身边的人愿意换，可他又不愿意坐桃子小姐的位置。刘总为了能够满足他的要求，只好挨个儿去求别人。这样一折腾，几乎惊动了半个车厢。桃子小姐觉得麻烦，劝刘总算了吧。

刘总想都没想，一脸坚定地看着她："不行，我就是想和你在一起，大不了就坐你旁边的过道。"

桃子小姐说，那一刻，她的心都要融化了。

好在后来找到了愿意换座位的人，随着刘总一声令下，车厢里的乘客像华容道一样开始缓慢而有序地挪动，刘总终于如愿以偿，坐到了桃子小姐的身边。

刘总和桃子小姐去郊外骑车，恰巧看到一个不算粗壮的树枝横在路旁的排污渠上，有两个小男孩儿像玩蹦床一样轮流在上面跳。

这种情况一般没人会理会，就算意识到有危险上去说两句也就算了，刘总不行，他硬是把两个小男孩儿拉到一边教训了一顿，说这样玩很容易"鸡飞蛋打"，长大了娶不到老婆。

两个小男孩儿才不想理他，还没等刘总把话说完，就又跳上去玩儿了。

刘总这下急了，三下两下把小男孩儿拉走，一脚下去就把树枝踩烂了。由于力道没有掌握好，脚下趔趄，差点儿把门牙摔断了。

两个小男孩儿吓得哇哇大哭，一溜烟就跑得没影儿了，桃子小姐好像还没反应过来，自始至终目瞪口呆。

chapter 8

不负好时光

1

有一段时间我在一家中专学校代课。

中专的学生都很调皮，你不能要求他们认真听课，不说话不捣乱就已经很不错了。可是学校又会给你压力，要求学生不能睡觉，不能玩儿手机，如果出现这样的情况，就是老师的责任。

先是来自学校的巨大压力，再加上自己也不是一个特别有耐心的人，那时候天天和学生发生矛盾，下班后就会向汪先生吐槽。

终于有一天，汪先生疑惑地问我："你是大魔头吗？"

然后我就默默流下了眼泪。

不过汪先生很快又向我道歉，来学校看过后又对我充满了同情。

有学生会在课堂上嗑瓜子、剪指甲；有学生会因为批评两句就突然离开；有学生听到外面的雷声，会眼睁睁地在你眼前站起来往外面看一眼再坐下，好像他能快过你眨眼的速度一样；还有学生在玩儿手机，然后点了一个东西，教室里竟然响起一个冷漠的声音："开始导航。"

我忍不住笑了出来，看着那个学生问："你要去哪儿？"

作为一个人际交往障碍症患者，我会精心备课，却不会经营师生关系。那个时候，我从来不说自己的名字，也不会问学生的名字，在我的观念里，问别人名字和说自己的名字总是一件很尴尬的事情。

久经沙场的汪先生教了我一招，他说："你可以在私下里向 A 问 B 的名字，向 B 问 A 的名字，这样就不尴尬了。"

刚到这家中专学校时，我跟着一位中层领导级别的男老师观摩学习，这位男老师恰巧与我同姓，自我介绍后，男老师问我："你是什么族？"

我："汉族。"说完之后顺势问了一句，"您呢？"因为我知道他提这个问题的用意肯定不是在我这边，初来乍到，我也乐得给他一个杆子，谁知道他一爬就爬上了珠穆朗玛峰，让我连仰望的资格都没有了。

男老师听了我的回答似乎并不意外，他颇为得意地一笑，仰着下颌说："我是 × 族，部族首领的后裔，纯血的贵族。"

我："哦。"

我一定是被他身后的贵族光环亮瞎了眼，才会在那一刻张口结舌，不知道该怎么接话。

男老师毕竟是见过世面的纯血贵族，他根本不会在乎我这样的平民有什么反应，很快又换了话题，问我是哪个学校的。

"航校。"

男老师又是颇为得意地一笑，说："我女朋友也是航校的。"

"哦。"

那天还聊了什么已经记不清了，提到这两件事是因为后来发生的事都与这两件事形成了印证。

一个多月后，男老师和他的女朋友结婚了。

几天以后，同组的老师也是与我同专业的学姐神神秘秘地对我说："你知道吗，M老师突然离职了，据说是去广州和飞行员男朋友结婚了。对了，M老师也是航校的，曾经是那位男老师的女朋友。"

当时的我有点儿小小的震惊，没想到男老师的前女友和现老婆都是航校的。

体内的八卦之血不断翻涌，我问学姐："他曾经和我说过，他女朋友是航校的，你说他说的女朋友到底是哪个？"

学姐愣了愣，说："谁知道呢？"

后来，我从领导那里得知了更多的故事，原来男老师和M老师是被男老师的母亲拆散的。

纯血贵族男老师的纯血贵族母亲极其重视礼法家规，选儿媳既要看面相又要看属相，在一连串的考核后得出两人八字不合的结论，非要男老师娶了现在的老婆。

领导说到这里又意味深长地笑笑："什么八字不合，还不是因为现在的老婆家里有点儿钱。"领导接着狡黠一笑，压低声音说，"我特意问过他，两个女人你最爱谁，他想了想说还是最爱M老师。"

怎么会这样？我不可思议地瞪大眼睛，心里竟然为纯血贵族男老师生出些许心疼：交友不慎啊，谁能想到时过境迁后的一句感慨转眼就被人传得到处都是。更可怕的是，听过这句话的人会用什么样的目光打量男老师的现任老婆，男老师的现任老婆在得知真相后又该如何自处？

只是想想都觉得毛骨悚然，吓得我想赶紧把这件事告诉我的同学——男老师现任老婆的后辈同事，可我没有找到该同学的联系方式。

我并没有接触过男老师的现任老婆，倒是时常在去上课的路上见到M老师。

参加过男老师婚礼的人都说M老师比新娘漂亮，她温婉内敛，做起事来总是不疾不徐，好像永远不会生气，颇有几分不食人间烟火的味道。

那时候办公室的门时常开着，她有时会站在桌子前摆弄瓶子里的插花，这是她教授的课程之一。她走了以后，这门课就没有了，不过那些花还在，后来再路过那间办公室时，我总是会情不自禁地想起一句诗："人面不知何处去，桃花依旧笑春风。"

想想又觉得并不贴切，懂花的人已经走了，花还怎么摆出言笑晏晏的样子呢？

很快，新来的老师坐在了她的位置，一切都是另一番景象了。

后来学姐终于等到了她要等的人，辞职走了。我要去找我想要找的人，也走了。

每每想起这件事总是觉得有淡淡的遗憾，为当中的每一个人，也为这份被错过的感情，固执地认为这个结局一点儿也不圆满。

汪先生说："这是最好的结局，因为对的人永远不会被错过。"

2

离职两个月后我才有空去那所中专学校搬走剩下的东西，顺便领取工资。

那天是汪先生陪我去的，领工资的时候不太顺利，财务说要我找领导签字，我等了一中午才发现领导根本不在，也不知道签的什么字。

我回去找财务说明情况，财务冷笑，什么也没说。

我当时也有点儿急了，想着还要赶车去另一个城市，总不能明天再跑一趟吧？

万般无奈下，我只好在财务门口撒泼打滚儿，号啕大哭，终于在财务给领导打了一个电话下解决了问题。

出来以后，我看到了一脸发蒙的汪先生，仿佛是吓坏了，想安慰我又不知道该说些什么。

我擦擦眼泪，拍了拍他的肩膀："人生如戏，全靠演技，你也看到了，不哭不行啊。"

没事的时候，我们喜欢在北京城里乱逛，没有方向，没有目的，走到哪里算哪里。看到好玩儿的地方就进去，看到好吃的就去买，正是这样，在拐过街角后猛然看到灯火辉煌的世贸天阶，才格外激动惊喜，久久不能平复。

其实我们也不是漫无目的，汪先生总是会时不时地拿出手机看地图，我们在一起时，我可以无忧无虑，他却总是在暗暗操心。

后来我们又去了建外SOHO，买了一份炸鸡边走边吃。突然间，不知从什么地方蹿出一只小金毛，它憨憨地吐着舌头，把两只前爪扑在汪先生的腿上。

我有些不高兴："金毛为什么会扑你？"

"因为我有肉啊。"汪先生晃了晃手里的炸鸡。

我摸了摸自己的小肚腩说："我也有肉。"

汪先生立刻学着金毛的样子往我身上扑，还伸出舌头要舔我的脸。

"讨厌。"

3

汪先生落地后都会给我发信息，大约估计一个时间，再加上门外电梯的动静，我总是会在汪先生开门前迎接他。

这天，我刚打开门，就听到汪先生在门外大喊："等一下！"

我根本没有听清楚他说什么，门外已经有一个黑黑的东西蹿了进来，吓得我一声尖叫，原来那是一只黑色的暹罗猫，它的身形极其矫健，像箭一样钻到沙发下面，不见了踪影。

汪先生气急败坏地进了门："我看到门外脚垫上卧着一个东西，所以才让你等一下。"他扔下箱子，叫猫出来，小猫当然不理他。

汪先生不得不趴在地上，冲着小猫大喊："出来。"他又拿了拖把往里面捅，小猫这才逃出来，却很快又藏了起来。

这下彻底找不见了。

房间不大，能藏的地方不多，可就是不见暹罗猫的影子。汪先生看了冰箱缝隙、柜子缝隙，甚至打开洗衣机的盖子看了看，最后又趴在地上看沙发下面，统统一无所获。

他灵机一动，掀开被子，接着惊叫一声，原来它就藏在被子下面，此时正懒洋洋地转过脸，十分冷漠地瞅着汪先生，那样子好像在说："哼，愚蠢的人类，现在才找到你喵主子。"

汪先生快疯了。

"下来！"他暴跳如雷，随即使出浑身解数和暹罗猫搏斗。

那天，我在笑，猫在闹，汪先生在房间里上蹿又下跳。后来，汪先生终于把猫儿请了出去，大约没过多久，楼道里传来一阵骚动，应该是猫儿的主人找到了它，把它抱回去了。

我不是很理解汪先生为什么会那么生气。

他余怒未消，怒不可遏地拍着桌子大吼："领地！领地你懂不懂？我的领地被一只来路不明的猫侵犯了，它竟然还上了我的床，哼！"

虽然我还是不太懂，但还是帮着汪先生把床单、被套都洗了。

晚上睡觉时，汪先生还有点儿阴影，好像一掀被子就有猫会蹿出来一样。

后来我忙着写论文，每每汪先生躺在床上，百无聊赖地喊着"大喵大喵"，我都不会理他。终于有一天，他伤心欲绝地拿被子蒙住头，委屈地叹气："唉，早知道就把猫留下了。"

汪先生也侵犯过我的领地。

刚来北京的那晚，我洗完澡出来竟然发现汪先生躺在我这一边！

我气得要死，近乎咆哮般大吼："你在干吗！"

汪先生从被子里露出一双黑黝黝的小眼睛，有点儿委屈地说："大喵大喵，我在给你暖床啊。"

4

汪先生小的时候养过一只狸花猫。

那个时候他家还住在平房，每天晚上会有老鼠从房梁上跑过去，小小的汪先生就会学猫叫，好像这样能吓跑老鼠一样。

直到家里迎来一只小花猫，不只老鼠没有了，汪先生的心也跟着柔软了起来。

小猫犯了错误会挨打，汪先生就难过的不得了；家人怕小猫出去有危险，总是会用一根绳子拴着它，汪先生就心疼得无以复加；家人给小猫吃猪肺拌饭，小猫总是把猪肺吃掉，把饭剩下，弄得汪先生哭笑不得。

对了，直到认识我之前，汪先生一直以为猪肺是猫的专属食物，我说做猪肺汤给他喝，他一脸"这东西也能给人吃"的表情。

后来小猫发春了，在相当长的一段时间内四海为家，偶尔敲响一次汪先生家的门，汪先生都会激动不已，可惜他给猫儿洗个澡、喂个饭后，猫儿又会头也不回地离开。

因为它在外面有了女朋友，有了它更喜欢的家。

有一天去上学，汪先生在学校发现猫在朝他叫，他很快把猫背在背上，送回了家里。

老师问他："哪儿来的猫？"

汪先生无比自豪地说："我家的！"

汪先生最后一次见到它是在一个大雪天里，大约是和野狗恶战了一场，它倒在血泊中，永远地闭上了眼睛。

我总是会缠着汪先生问一些有关这只猫儿的细节。

汪先生也很乐于和我分享，什么长时间没有换猫砂，小猫在埋屎的时候不小心把旧屎刨了出来；什么猫特别淘气，扒在纱窗上不下来，把纱窗弄坏了；什么他掀开被子喊一声"猫猫"，小猫就会乖乖钻进他的被窝里。

终于有一天，我们又聊起猫的话题，汪先生讲着讲着，不禁有些伤感，他重重地叹了口气，用被子蒙了头："别再让我说了行吗，想起来就难过。"

汪先生的童年里有一只小猫，我的童年里有一只小鸡。

大约是因为温度不够吧，小鸡大多是养不活的，家人买来的小鸡总是会在第二天七窍流血而死。

唯独有一次不一样，那只小鸡格外活泼，当另一只小鸡在瑟瑟发抖的时候，它不仅叽叽地叫个不停，还一直扑棱着翅膀想要飞出纸盒子。

后来，它在我家住了下来，自始至终都待在一个鸟笼里。

笼子里那样狭小，小鸡小时候还好，长大以后，它只能以对角线的形式窝在笼子里，动弹不得。

有时候我会带它去楼下的花园里玩儿，小鸡到处找虫子吃，胸脯都鼓了出来，变得近乎透明。回家的时候，我要把小鸡抓回去。

汪先生不相信我能抓鸡，现在想来，的确是有点儿不可思议。

汪先生问我："后来那只鸡怎么样了？"

"当然是杀了吃肉。"我望着夕阳感慨，"鸡肉真是好吃啊。"

汪先生：……

为什么我对大公鸡的死并不难过呢，大概是因为大公鸡没有猫儿萌吧。

再见，这个看脸的世界。

5

化妆水快用完了，汪先生每次提起再买的事情都被我一口回绝。最近他要飞国际，又问了我一遍，我想也没想就说："好啊。"

汪先生有点儿呆怔，奇怪地问："你怎么突然答应了？"

我也有点儿呆怔："你什么意思？你原本只是说说而已，其实根本没想买？"

汪先生有苦说不出，只能结结巴巴地说："嗯，也不是，就是有点儿奇怪，我一直以为你不买是因为要换个产品。你真的要买吗？你这次怎么这么爽快地答应了？"

我理所当然地说："盛情难却啊。"

汪先生：……

网上流行过一阵女生让男朋友猜化妆品价格的小游戏，男生们不是不知道那些稀奇古怪的小东西是干什么用的,就是把价格猜得很离谱。

汪先生不一样,虽然他不一定知道某个化妆品是干什么用的,但是对于价格绝对门儿清,因为我的化妆品都是经他手买的。

有一次让他去买一个防晒霜,我要的那款没货他就自己做主换了一个,买回来后给我报了一个价钱,时间长有些记不清了,再说起这件事时,汪先生说:"大喵大喵,这个防晒霜很贵的。"

"我记得不贵啊,你说两百块钱三个。"

汪先生特别生气:"不可能,很贵的,我买的我还不知道?"

"真的不贵,我在网上查过价钱。"

汪先生好像受了天大的委屈一样,在电话里哭天抢地:"真的很贵好吗?我怎么可能买便宜的东西糊弄你,不信我给你找小票。"他翻箱倒柜一阵,最后不得不叹了口气,"算了,找不到,而且小票上都是外国字我也不认识……"

……

拿到实物后我惊讶地发现:"汪先生,价格在包装盒上写着呢。"

最可怕的是遇上没货。

汪先生奉命去买口红,买回来的东西和我要的东西除了牌子一样,没有一点儿一样。

汪先生异常兴奋地说:"这不就是你要的口红吗?我在那里挑了好久,一个一个地试,终于找到这个和你要的颜色差不多的。"

我只用了一句话就让汪先生哑口无言,彻底败退:"我要的是液体的,这个是固体的。"

汪先生:……

我要怎么向汪先生解释唇膏、唇彩、唇釉、唇蜜的区别,还有漆光、哑光、双色咬唇是什么,大概在他的眼里只有黑色口红、金色口红、圆形口红、方形口红的区别吧。

我又控制不住想买口红了，想来想去还是决定买便宜一点儿的。

汪先生开始劝我："吃的东西还是要买贵的，便宜的都是汞啊、铅啊，中毒了怎么办？"

我想也没想："我又不吃。"

汪先生一本正经地看着我："我吃。"

6

汪先生要飞泰国了，提出来要给我买一款超好吃的海苔："就是刘总带过的那个，叫什么小财神，哦不，小地主？难道是小土豪？"

我抚额叹气："是小老板。"

汪先生有一个女同学在泰国当导游，听说汪先生要去泰国后，答应带他吃饭逛街加经典泰式按摩。

汪先生："大喵大喵，你是不是吃醋了？"

"没有啊。"

汪先生："你不爱我。"

我："你给我带点儿冬阴功汤。"上次和汪先生去吃泰餐，他说喝冬阴功汤的人简直不配活在这个世上，我看他一碗接一碗地喝好像也没那么讨厌。

汪先生说："废话，这么贵，总不能浪费吧。"

果然，当我提出这个要求后，他就不理我了。不过他还是给我买回了冬阴功汤料，还兴高采烈地拿出了冬阴功方便面。

第二天上午，汪先生要去公司开会，嘱咐我中午煮冬阴功方便面吃，我顺口答应一声，汪先生却隔个十分钟就催我一次："大喵大喵，大喵大喵，煮面啦！"

"我不饿，等会儿再煮。"

汪先生露出委屈的小表情："其实是我想尝一尝。"

……

方便面煮好后，汪先生迫不及待地尝了几口，预想中的吐槽没有出现，汪先生眼巴巴地看着我："我能不能再吃一口？"

……

一碗方便面被汪先生吃了一大半，大概是觉得没面子，汪先生把这种反差总结为上次去的餐厅不正宗。

"呵呵。"

没想到汪先生竟然是这种人，嘴上说着不要，身体却很诚实。

吃完冬阴功方便面的汪先生终于心满意足地擦擦嘴，出门去公司开会了。

7

汪先生要过生日了，我决定送他一件礼物。

上次他生日，我送给他一个大书包，汪先生收到礼物后开心地说："大喵大喵，你是要我好好学习吗？"

"不是，我是要你当牛做马。这样出去玩儿的时候，只有一个人背包就够用了。"

……

这次，我给他发过去几张图片，有 MacBook、Apple Watch、剃须刀和太阳镜，问他想要哪一个。

汪先生受宠若惊，装出一副很为难的样子，连连推辞："大喵大喵，你对我太好了。我过生日应该是我送给你礼物来分享我的快乐，我怎么能收你的礼物？"

我十分豪爽地挥挥手："你就说你喜欢什么吧，没关系的，就算是 MacBook 又有什么，你想全要了都没问题。"

汪先生简直太开心了，他纠结了一阵，最终决定选择太阳镜。

我："好的，我用团购网站上的积分抽个奖，抽中了就送你，不要太谢谢我。"

汪先生：……

汪先生生日那天我送给他一个飞机绕着埃菲尔铁塔转的八音盒。

那天我们在逛街，我在看到小火车造型的八音盒后，发出疑问："也不知道有没有飞机的。"一转身的工夫，果然看到了旋转的小飞机。

汪先生也注意到了那个八音盒，他不仅一动不动地注视着它，清澈的眼底更是一片柔软。

收到八音盒的那天，汪先生先是在手上把玩了一阵，接着拍了一段小视频发到朋友圈。

他的朋友圈里大多是与飞机有关的人，不一会儿就赢得了一片点赞，还有人问在哪儿买的、多少钱。

有一个人的留言特别有意思："你女朋友是在警告你不能出轨，只能围着她转。"

那天在银行办业务，填资料时，同学 Z 大叫一声："你是不是要过生日了？"

说实话，上年纪的人总是对生日有着一种莫名的恐惧，一想到又老了一岁却还是一事无成就对生日充满了抵触。

"好像是的。"我的农历生日在端午节附近，就算我不关心农历也会有三天假期提醒着我。

Z 同学问我："你的生日是五月初四吧？"

"唉？"我有一点点呆愣，"好像是五月初六。"我记得我的生日是端午节后一天。

Z 同学不可思议地大喊："怎么可能？去年就是初四过的？你忘了？"

看她那副信誓旦旦的样子，我禁不住开始怀疑自己："难道真的是我记错了？"到底是端午节前一天还是后一天？

天哪！这是什么情况，我竟然忘记了自己的生日！

我有点儿慌了，连忙给汪先生打了个电话："我农历生日是哪天？"

汪先生先是有些奇怪，接着略带鄙夷地说："五月初六。"

"还好，还好。"我长长地舒了一口气，庆幸在这个世界上有一个男人帮我记着生日。

8

汪先生的体内住着一只名叫"驾驶欲"的小怪兽。

虽然他一再强调自己走上飞行之路是个意外，开飞机只是他的谋生手段，只有我知道，这些话都只是他飞得不好时的自我安慰，如果在飞行中获得了表扬，他在其中所获得的成就感是任何事情都无法代替的。

汪先生热爱任何交通工具，出去玩儿时一定要尝试景区所有的自驾项目，小船、电瓶车、自行车……

如果拒绝了汪先生的要求，他就会哼哼一整天。

可是汪先生绝对不甘于做一个安静的美男子，总要玩儿出一些花样。

汪先生曾经把船搁浅了，弄得他不得不跳进水里推船；还有一次开电瓶车，放着大路不走，非要把车开进小道，结果差点儿把车开进水里。

我气得不行："汪先生，你到底是怎么回事？为什么要把船开到岸上，把车开到水里？最可怕的是你竟然还是个开飞机的？"

汪先生有多爱驾驶？

买车之前，我曾经收到汪先生发来的消息，那是一张电影截图，下面有一行电影人物的台词："要是能让我开上车，我死也愿意。"

……

9

那天我正在写论文，汪先生忽然凑过来问我："大喵大喵，你有梦想吗？"

汪先生最大的爱好就是骚扰我，每每发现我在忙自己的事情就会发出一些奇怪的声音，做出一些无聊的事情吸引我的注意。

我懒得理他，随口敷衍道："有啊，我希望世界和平。"

汪先生依旧在我旁边上蹿下跳，着急地说："你快问我的梦想，快啊。"

"你的梦想是什么？"

"娶你！"

简单的两个字，让没有一丝丝防备的我受到了致命一击。

汪先生总是这样，一言不合就撩妹。

汪先生从小就是个撩妹高手。

小学时，女同桌的长指甲在他的胳膊上划了一道，老师严厉地批评了女同学，汪先生却说："老师，你别骂她了，她也不是故意的。"

他学过国际象棋，考级时和一个妹子下棋，妹子说："你让我赢吧，不然我妈不给我吃饭。"汪先生就真的放弃了要赢的想法。

最近一次，我为了一个事情的结果辗转难眠，汪先生说："别瞎想了，想我就行。"

10

不管是大事小事，还是大节小节，汪先生都会给我发红包，不过一般都只是意思一下，诸如 1.1 元、2.14 元、5.2 元什么的。

有一次在大扫除后向汪先生抱怨好累，汪先生立马给了我 9.9 元的清洁费。

九块九是什么意思？包邮吗？

这种红包简直就是一种侮辱！

我生气了，直接给他包了一个100元的红包发过去："拿走，不谢。"

汪先生拆开红包后大受震动："大喵大喵，怎么是100的红包？和你一比显得我很小气，我以前太不应该了，我怎么能这么对你。"

"你知道就好。"我十分鄙夷地说，过了一会儿又补充说，"对了，这一百都是你给我的，不过是攒到一起还给你而已。"

汪先生：……

看电视时发现节目里正在介绍一款可以声控的电视。

汪先生不屑地说："这有什么，我家的电视也是声控的，我说开就开，说关就关，说换台就换台。"

我一边握着遥控器，一边狠狠地白了汪先生一眼："你不是有一个好电视，你是有一个好老婆。"

11

汪先生收到了一个好友信息，确认加好友后问对方："你是？"

对方说："你妹！"

汪先生一脸呆怔，怎么会有这种人，上来就骂人。

汪先生气得不行，顺手点开对方的相册一看，嗯，那个人还真是他的妹妹——汪呆呆。

汪呆呆是个十分别扭的小女生。

我和汪先生逛街时见到一款唇膏买二送一，便决定给汪呆呆带一个。

汪呆呆收到唇膏后，翻了个白眼，质问汪先生："你不知道我最喜欢草莓吗？为什么给我柠檬的？"

后来给她带了糯米糍，特意买了草莓口味的，汪呆呆拿到手后，颇为嫌弃地看了一眼："怎么是草莓的？没有其他的吗？"

汪呆呆从来不会给汪先生好脸色，除非是有事相求，当然，她所求的事情也很简单，无非就是买东西，要书包、要直发器、要唇膏、要身体乳……

最多的还是要笔袋，有时候还会打错字："哥，我想要个笔呆呆。"这也是她名字的由来。

汪呆呆是汪先生的父亲再婚后生的，汪爸爸再婚那天，汪先生恰巧在学校上课，因为是子弟小学，大家彼此熟识，班主任特意走到他面前，好奇地问："你为什么没有去参加婚礼？"

汪呆呆出生后，汪先生跟着爷爷奶奶生活，很少再回那个家，因为他每每看到挂在墙上的汪呆呆的大幅艺术照时，心里总是会涌上一股难以言喻的酸楚。

桃子小姐说，刘总是那种看上去就让人觉得他一定是童年幸福、家庭美满的人。

刘总飞本场（在某个机场频繁飞起落）的时候，选定的机场恰巧在他的家乡。他在机场飞了一天，他的爸爸妈妈就在机场的栏杆外看了一天，这件事让汪先生印象深刻。

或许正是因为这样，汪先生十分希望可以早点儿买房子，因为汪先生曾经对我说："大喵大喵，有你的地方才是家。"

12

我和汪先生经常逛街，却很少买东西。

我们可以经过深思熟虑买下昂贵的电子产品，却不会花微不足道的钱去买可爱的毛绒玩具、有创意的小摆件，或者是提升生活品质的小东西，因为我们没有家。

从大学到工作，我们习惯了狭小局促的空间，习惯了颠沛流离居无定所，即便是看到再喜欢的东西，把它从架子上拿下来也是一个艰难的过程：房间已经被塞得满满当当，我要把这个东西放在哪里？以后还要搬家的，到时候会不会很麻烦？是不是可以省下这笔钱用在更需要的地方？

那天我们在精品店看到一个金属立体拼图，其实我们都很喜欢，却异口同声在说着这东西的不好。

"买了还要拼起来，浪费时间。"

"拼好了还要配盒子，不然落灰了不好打理。"

"家里太小了没地方放。"

"摆着也没什么用，有这钱还不如去吃了。"

几个回合后，我们终于好受了一点儿，可是在离开的时候，我还是低声补充了一句："如果有空客 A320 的模型，我一定会买。"

汪先生的目光在金灿灿的赛车模型上停了一会儿说："我也是。"

或许是因为受到原生家庭消费观的影响，才让我在一些消费项目上有着近乎病态的执着。

小时候没有零花钱，也不知道有些东西是可以买的，在一些事情上闹了不少笑话。

我的红领巾丢了，我妈就用红布做了一个，让我很是自卑了一阵；上电脑课要用鞋套，我没有鞋套就从家里拿了两条毛巾，后来终于从鞋盒里找到了替代品；扫墓时要带小白花，我妈绞尽脑汁给我做了一个，拿到现场后几乎变成了一团烂纸，最后是一个小男生用他买来的、精致无比的小白花换走了我的烂纸，并且在众目睽睽之下抛向了纪念碑。

我在很久之后才知道，原来那个小男生会这么做，是因为喜欢我。

因为喜欢一个人，你会想尽办法给他你能给的一切，因为别人喜欢你，你又会心安理得地拿走别人的东西。

汪先生在购物车里放了一个两百块钱的遥控赛车，说："大喵大喵，大喵大喵，你看这个，好多功能啊，一定很好玩儿。"

他甚至还没有提出要买，我就已经回绝了他："你不会要买吧？这东西又没什么用。"

汪先生说："对啊，我只是想让你看一看。"

然后我就后悔了。

不要说我们只是男女朋友，就算是亲密无间的夫妻，心爱的人想花微不足道的钱买一个难得看得上眼的玩具又怎么了？

我觉得自己真是讨厌极了，打着为别人好的旗号干涉着别人的生活。每次和汪先生去逛街，我们都会在"玩具反斗城"待上好长时间。

汪先生看着那些赛车模型说，小时候，他的姑姑送给他一个变形金刚，这个变形金刚要比摆在这里的好上百倍，因为变形金刚的每一个部位都可以拆下来变成一个独立的赛车。

他说那是他最爱的玩具，可惜先是被邻居家的小孩儿拿了个胳膊，然后被老家来的亲戚拿了个腿，接着就彻底不见了。

我是不太相信那个年代有这么高端的东西，甚至有些怀疑正是因为变形金刚是留存在记忆里的才会变得如此完美。

这世界绚丽多彩，纷繁复杂，想要在一个人的记忆中留下深刻的印象是多么困难的一件事。汪先生的姑姑凭借一个变形金刚占据了汪先生心中最柔软的部分，汪先生也照猫画虎，买了一个飞机玩具送给刚出生的小外甥，希望用这种方式在他的生命里留下痕迹。

曾经喜欢的东西都已远去，难道汪先生现在喜欢的东西也要被我剥夺吗？

我觉得我十分有必要向汪先生道歉："对不起，我错了，不过我还是觉得你最好不要买那个赛车。"

谁知汪先生竟然不在意地一笑："大喵大喵，你放心吧，我本来也没想买，因为我知道你这样在意钱是为了什么。"

13

即便这样，汪先生还是给我买了一个可爱精致的房子模型，而且正是我喜欢的那一款。

我对此大为惊奇，因为那天在商场明明看了很多款，他是怎么知道这款就是我喜欢的。

汪先生抿嘴一笑，得意扬扬地说："你看这个房子的眼神和看我的眼神是一样的。"

我想了想说："翻白眼吗？"

我拼了一点儿就没有耐心了，是汪先生利用很少的休息时间把它完成的，当房子里暖黄色的灯光点亮时，汪先生说·"大喵大喵，我们买房子吧。"

后来我们真的开始看房子了。

chapter 9

一定要有好结局

1

买房子是一个很艰难的过程，看地段、看小区、看楼层、看户型，不是这个不行，就是那个不好。最要命的是中介小哥总是在朋友圈里释放一些负能量："现在不买后悔一生""吃个饭的时间错失好房""别犹豫了，明年还要涨"。

看得人分分钟想把中介小哥拉黑。

后来我们终于敲定了一套两居室，前前后后考察多次才下定决心签了合同，回去的路上竟然有了一种拨云见日的感觉，哪怕我们为此从偶尔买一个 iPhone 变为一个月往外扔一个 iPhone。

心上的大石落下了，而且是正好地压在了心尖上，但一想到节节攀升的房价，又会觉得所有的一切都是"甜蜜的烦恼"。

就在我们频繁逛着家具店、家电商场，对新家充满憧憬的时候，一个噩耗从天而降，中介打电话说，房主突然反悔，房子不卖了，要实在想买也可以，除非加钱。

这种事听了不少，却从来没想过会发生在自己身上，还记得找到中介时,对方信誓旦旦地说:"为什么要付出高昂的中介费找中介,就是凭借我们的专业防止房主反悔的麻烦。"

结果,呵呵……

我们和房主据理力争:"合同都签了。"

"你去告我啊!"

我和汪先生无言以对。

2

汪先生说:"大喵大喵,每次一出事,你就躲在我身后,逼得我不得不去战斗,其实如果只有我一个人,我肯定就躲了。"

最有趣的一次是去快餐店买甜筒,吃了两口发现不对,冰激凌完全是一股令人作呕的酸味,我们回到店里反映情况。

经理接了点儿冰激凌,尝了以后说:"我很少吃甜筒,不知道正常的甜筒是什么味儿。"

虽然这个回答让我们有点儿尴尬,但是经理还是在道歉之后退了钱,另外送了我们两杯可乐。

我和汪先生都一脸茫然地出了门,看着手里的可乐简直有一种还在梦里的感觉。

刚刚到底发生了什么?

我们一分钱没花,还白拿了两杯可乐?

还有一次是和汪先生出去旅游,我在一家网站上团购了非常划算的温泉票,划算到什么程度呢?

当我们在温泉附近的酒店入住时,老板娘问我们要不要温泉票,听说我们已经买了之后,她一脸的不可思议,说这个价钱绝对不可能，她拿票的价格都比这个高。

那个时候还真是开心，还解释说已经预定过了，对方说绝对没问题。

谁知道提前一小时打电话时，对方突然变了口风："团购不能用，来了也要加钱。"

汪先生一脸莫名地问："你之前怎么不说？"

"之前接电话的是临时工。"

汪先生和对方据理力争，对方只冷冷地丢下一句话："你去投诉我们吧。"

挂掉电话后，我已经完全变了脸色，坚定地对汪先生说："我们不去了。"

这是我们一年一次的旅行，这是汪先生期待很久的活动，他明明难过得要死，还是勉强扯出一丝笑，捺着性子劝我："大喵大喵，来都来了，加钱就加钱。"

怎么可能？我咬牙反问："你能不能有点儿骨气？"

汪先生依旧笑着说："要不这样吧，我们去酒店老板娘那里买。"我们都知道这一去意味着什么，汪先生很快补充，"没关系，我去买。"

汪先生很快把票买了回来，还向我复述了老板娘的话，什么"我就说不可能，你还不是要回来找我"之类的。

还真是没面子啊！

好在我们在温泉里玩得不错，算得上不虚此行，现在想来也是一次美好的回忆。

在那之后的一天，汪先生突然打来电话："大喵大喵，我去团购网站上投诉了，对方核实情况后给了我几十块钱的代金券。"

"真的？"我惊喜地问。

我没想到汪先生真的会去投诉，他总是对我说息事宁人，多一事不如少一事，忍一忍就算了，而我完全是一个纸老虎，表面上叫嚣着一定要追究到底，却从来没有什么实际行动。

感恩有你，我亲爱的汪先生。

3

房子的事情不像温泉票的事情这么简单，一个转身就可以重新买到，一个电话就能拿到赔偿。

就算在温泉票那里拿到赔偿又有什么值得欣慰的？

这根本不是什么胜利，或许网站连核实一下都没有，他们不过是按照危机公关的标准流程，用几十元的代金券安抚人心罢了。可怕的是，除了这样我们想不出还有什么更好的办法。

我们这边为了房子的事情焦头烂额，桃子小姐那边也好不到哪儿去。

先是刘总犯了错误，停飞半个月，当然了，停飞也不是彻底休息，而是每天去公司上行政班，坐在办公室里抄写手册。

另一件事是桃子小姐刚买的自行车被偷了。

桃子小姐不甘心啊，找物业要说法，物业的态度不错，对桃子小姐的遭遇表示了慰问，又对桃子小姐疏于管理自己财物的行为进行了批评。

桃子小姐当然不吃这一套，坚持要求彻查，第一步就是看监控。

物业说："我们的监控只是监控。"

桃子小姐不明所以："什么意思？"

"就是只能监控不能保存。"

桃子小姐惊呆了："没想到你竟然是这种监控。"

物业又向桃子小姐汇报了本小区近年来的各种恶性事件，丢自行车就不用说了，重点说了丢汽车、丢小孩儿、丢命的事儿，听得桃子小姐一愣一愣的。

物业苦口婆心地劝桃子小姐："你真是应该感到庆幸，你只是丢了自行车，别人可是丢失了宝贵的生命啊！"

桃子小姐听后大为震动，握着物业的手连声致谢："我谢谢你八辈祖宗。"

事情到了这里已然陷入僵局，我问桃子小姐："就这么算了？"

"不然呢？"桃子小姐白了我一眼，"难道我要趁着夜深人静一个人悄悄地吊死在物业门口？"

"唉，有时候真想有个黑道男友。"我颇为感慨地说。

4

事实上，很多事是急不来的。

我曾经有过一段租房子的经历。那时候在中专代课，为了方便上班，想在学校附近租个房子。

那一片前不着村，后不着店，房源不是很多，每打一个电话都以失败告终，终于有一个没租出去的，而且价钱还特别便宜。

我满心欢喜地跟着房东上去看房，走到顶楼时隐隐生出一种不好的预感，果然，我们并没有在顶楼停下，而是上了天台。原来所谓的两居室就是在天台的板房，难怪会那么便宜。

从小到大，我一直在父母的庇护下生活，从没有吃过苦，更不敢想象一个人住在天台板房里的酸爽。

房东看出了我的犹豫，抬手一指对面楼上出来晒衣服的中年妇女："人家不都是这么住。"言下之意觉得我格外矫情。

我强忍着没有说出房子不好的话，告别房东后才忍不住崩溃大哭，为这种巨大的落差与不断的挫败，还有挫败后深深的无力。

那时的我几乎陷入了绝境，汪先生人在分院，除了听完我的抱怨，也帮不上什么忙。

你说怎么这么巧，第二天和同事出门再去看房时，刚好看到了刚刚挂出来的广告，位置、户型、价格都十分合适，我们在别人又打电话时迅速交了租金。

汪先生在电话里说："大喵大喵，大喵大喵，你知不知道你昨天有多绝望，今天又有多开心？"

好多次都觉得自己遇上了天大的事，事后想想完全是自欺欺人，人总是要充满希望，因为说不定什么时候就会出现转机。

5

汪呆呆的别扭总结起来就是两个字——不屑。对汪先生不屑，说他考上飞行员是走了狗屎运；对我不屑，说我写的东西是天雷玛丽苏；对某男明星不屑，说他学历低；对某女明星不屑，说她个子矮；对熊猫不屑，说它没了黑眼圈什么都不是；对考试不屑，说考试扼杀了她的才华。

汪先生不喜欢汪呆呆，汪呆呆也是极其讨厌汪先生的。

汪呆呆对汪先生很不客气，平常总是直呼其名，有事的时候就甜甜地叫哥，没答应的话就冷哼一声，傲娇地离开。

汪先生回去时，汪呆呆都会不屑地说："你怎么回来了？"不多一会儿，她又会贱贱地说，"把 iPad 给我玩玩。"吓得汪先生每次回家都要把好玩儿的东西藏好。

没想到她连用过的日用品都要惦记。

有一天，汪呆呆拿了汪先生的洗面奶问他："哥，这个是什么？能不能把这个送给我。"

汪先生："这个是男士的。"

汪呆呆略显失落地离开，过一会儿又拿着手机回来了，她说："哥，你看，是女士的。"

汪先生这才知道那个在韩国买的墨绿色的洗面奶其实是女士的。不过他知道归知道，对汪呆呆的要求依旧不予理睬。

汪呆呆气呼呼地走了。

汪先生的爸妈曾经因为汪先生的事情大吵一架，他们吵架的场面似乎是给汪呆呆幼小的心灵造成了不小的伤害，她在伤心气愤中无法释放，找了汪先生发泄一通，说汪先生是大坏蛋，弄得家里鸡犬不宁，说的话要多难听有多难听。

汪先生觉得莫名其妙，看着手机上面的字恨不得把这个本就不喜欢的妹妹彻底拉黑。那天晚上，汪先生气得要死，发誓以后再不和汪呆呆说一句话。

谁知没过多久，汪先生又对我说："这个洗面奶怎么总也用不完，我好想用新洗面奶，要不把这个给汪呆呆吧。"

"呵呵。"

汪呆呆学习一般，又因为任课老师是汪先生当年的老师而活在汪先生的阴影之下。每当汪呆呆考得不好时，老师就会说你哥如何如何，让她对汪先生的讨厌又增添了几分。

寒暑假的时候，汪先生会给汪呆呆补课，汪先生没什么耐心，没几句话就急了。汪呆呆又不爱学习，每次让她做题，她就拿起笔装模作样地画一阵，无疑让汪先生更加恼火。

汪先生骂汪呆呆："你是猪吗？这么简单都不会。你脑子进水了吧，就是一头猪也学会了。你连高中都上不了，趁早搬砖去吧。"还有一次，他情急之下把将铅笔盒摔在地上，汪呆呆就哭着跑回家了。

即便汪呆呆学习不好，她还是凭借特长考上了重点高中，狠狠打了汪先生的脸。

上高中后，汪呆呆成了班里的女神，这不是一个形容，而是一个实实在在的称号，那是一次班级活动，老师请同学用一个词形容每个同学，汪呆呆收获最多的词就是"女神"。

汪先生对此很不屑，说她是女神经。直到他在汪呆呆的书包里发现了一支漂亮的蜡烛，汪先生想，汪呆呆是不是恋爱了。

他瞬间有一种好白菜被猪拱了的感觉，那些小男生的秉性他再清楚不过了。因为这件事，他好像忽然明白了汪呆呆为什么会那么讨厌我，因为我抢走了她的哥哥，虽然她的哥哥对她并不怎么好。

汪先生的遭遇更加坚定了我身为独生子女的好处，这个想法直到现在都没有改变，看吧，不曾拥有才不会在失去之后感到失落。

汪呆呆要高考了，无论是考播音主持还是考空乘，都希望她能有个好成绩。

6

汪先生带我去机场跑道尽头的公园看飞机，我们才刚刚走到铁丝网外面，就有一架 380 从头顶呼啸而过。

汪先生十分激动，不断地重复："大喵大喵，大喵大喵，你运气真好，一来就能看到380。"

看他一副比我还兴奋的样子，我疑惑地问："怎么，你没见过吗？"

"当然见过，每天这个点儿都能看到。"他说完后，好像是突然意识到了什么，不好意思地笑了笑。

我这才恍然大悟。

我哪里有什么好运气，不过是有个好老公罢了。

我想，我毕生的好运气大概都用在找老公这件事上了。

不管生死疾病，我希望永远可以和他在一起。

闲暇的时候，汪先生会给我削水果。

汪先生削得一手好水果，每次削水果的时候他都会触景生情，絮絮叨叨地说起刚认识我时的事儿。

那时的汪先生为了追我，每天都会准备一份水果沙拉，有葡萄、香蕉、苹果、橙子，各种颜色搭配着，异彩纷呈十分诱人，然后再浇上酸奶。

他说："大喵大喵，你知不知道你吃的水果沙拉成本有多高！"

"多高？"我茫然地问。

汪先生不由得白了我一眼，恨恨地说："'多高'只是我的感叹，不需要你回答。"

后来有一次回忆起当年的水果沙拉，汪先生不无感慨地说："现在年纪大了，再也没有那份执拗了，我这辈子肯定再也不会对第二个女人做这种事。"

随着年纪的增长，或许会有心动，或许会有迷恋，然而属于年少的倾其所有只为对方一笑的心却再也不会有了。

感谢命运，让我们在最好的年纪相遇，虽然那时的我们既没有丰富的物质，也没有丰满的羽翼，可却有着一颗最真诚的心。

这些年随着身边的人陆续结婚，渐渐地也发现了一个规律。如果不能有一场从校服到婚纱的恋爱的，那么绝大多数将走上相亲、相识条件相仿的对象后，三个月左右便结婚的道路。不是说这样不好，却总感觉缺了些什么，所以我特别感谢汪先生，给了我一场弥足珍贵的小恋爱。

7

汪先生和领导飞了一班，虽然不是考试却也和考试没有区别。

就像一位机长说的，从今以后，你的每次考试都比高考重要，因为它关系着手里的饭碗还稳不稳。

汪先生说，这次落地并不是很好，结束后，他向领导总结，自己哪里做的有问题。

我由衷地赞叹："汪先生，想不到你现在越来越机智了，先把自己批评一番，别人也不好说什么了。"

"这算什么，以前还有同学飞完后先自己把自己打一顿呢。"

学飞不易，且飞且珍惜。

这一班让汪先生心力交瘁，没说两句话，他就背对着我沉沉睡去，不一会儿还打起了呼噜。

我轻轻在他腰上踹了一脚，汪先生的呼噜就停了停，没想到在我快要睡着的时候又响起来了，我就又踹了一脚，如此反复，终于有一次下脚重了，汪先生一个激灵爬了起来，迷迷糊糊地回过头，像是在找什么东西，口中念念有词："落哪儿了？落哪儿了？"

本打算在黑暗中默默观察一切的我忍不住笑了出来。

"没事儿，我踹了你一脚。你做梦还开飞机呢，又没人给你小时费。"

汪先生经常梦到开飞机，昨天还梦到"超速放襟翼"，梦境极其逼真，吓得他一身冷汗，想想也是可怜。

但愿汪先生在将来的每天都可以起落平安。

8

我写的东西从不给身边的人看，汪先生更不用说，每次他只是碰一下都会被我大骂一顿。

这本书是绝对不会给汪先生看的，不过在写的过程中有拍下一些片段发给汪先生。

汪先生看过后总是露出星星眼，激动地说："大喵大喵，你写得好棒，我好感动！"

汪先生这个心机 Boy，他越是这样夸我，我就越是忍不住想发更多的片段给他看，他真是太讨厌了！

不过，汪先生还是从那些支离破碎的片段中发现了一些蛛丝马迹。

"我每次叫你都叫两遍吗？大喵大喵？我是复读机？"

"这不是显得你很可爱吗？"

"那块姜是不是你嚼过的？"

我："嗯，是的。"

汪先生："小肚腩？你这样丑化自己合适吗？"

"嗯……"我揪了揪肚子上的肉，为难地说，"我已经在美化自己了。"

生活不是小说，真正将一些事情化为文字时难免会融入一些艺术夸张和合理想象。

还记得羊年时我和汪先生因为去一家饭馆吃饭得到了一个飞行员造型的多利羊玩偶吗？

其实根本没有，我们拿到的只是一个戴着蝴蝶结的多利羊，飞行员小羊是画在包装盒上的，我们不只没有见过飞行员小羊，甚至连究竟有没有这个东西都不能确定。

正因为生活中总是少不了遗憾，我们才会对未来充满希望。

9

我患有十分严重的尴尬症，看自己的照片、听自己的录音都觉得尴尬，拿到手的样刊、样书全部藏起来，连翻一下都不敢。

这本书也是一样，甚至有过之而无不及。

从写下第一个字的那天起一直到未来的每一天，我都会无数次地涌现"后悔写这本书"的念头。

我可以想象到各方对这本书的评价，每念及此便倍感压力。

更可怕的是人们都说秀恩爱死得快，我今天这样大书特书，万一有一天打脸呢？

想想都觉得脸疼。

10

汪先生说飞夜航的时候，漆黑的天空里密密麻麻的全是星星。

有时候，机长会突然指着一个方向说："看，流星。"

遗憾的是汪先生总是慢了一步，从来没有看过流星的样子。终于有一天，汪先生发现了流星的秘密，原来你只要盯着一个地方看，就能看到划过夜空的璀璨轨迹。

坚持一下，希望就在眼前。

平安归来。